YSTERY

LUNA SEA

格林血色童話5
殘虐癲狂的禁斷之謎
〔童話研究家〕
櫻澤麻衣／著

# 前言

## 那些圍繞著格林童話的奇妙謎團

據說《格林童話》在全球總銷售量僅次於《聖經》，只要一提到童話，一定就少不了它。要說《格林童話》就是童話的代名詞也不為過。

然而，大家兒時皆耳熟能詳的《格林童話》，幾乎所有的篇章都已經與第一個版本大相逕庭。換句話說，原始版本的內容已經徹底被改寫了。此外，所謂的「原版」也不只有一種。單就《格林童話集》這一詞，就包含了從一八一二年的初版到一八五七年的第七版（決定版），共七個版本。從初版一路到第七版，故事量也逐漸增加，每個故事也都做了許多改動。更甚者，初版與更早期的草稿相比之下，亦有很大的不同。

也因為《格林童話》的內容豐富多變，由此產生的謎也不在少數。這些謎團中，更是能隱約窺見不斷著手改寫的作者格林兄弟之身影。

本書將為讀者探討《格林童話》中不為人知的世界，看完本書，各位肯定會覺得《格林童話》讀起來更加有趣。

櫻澤麻衣

【目次】



第1章

# 格林童話的誕生之謎

# 第2章

# 格林童話初版之後遭刪除的殘酷故事

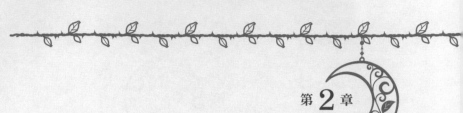

# 第3章 暗藏在格林童話裡的性暗示

第4章

# 你所不知道的格林童話，這才是可怕的現實!!

第5章

# 格林童話的另一層精髓——逐漸升級的殘酷本質

# 第6章

## 格林童話中所描述的強烈手足之愛及偏激思想

第7章

# 格林童話的故事舞台——中世紀歐洲

## 第8章

# 格林童話中的奇幻道具

## 第9章 格林兄弟之謎

## 第10章

# 有趣的格林童話相關軼聞

# 第1章

# 格林童話的誕生之謎

# 1 格林兄弟決定出版童話集的兩個理由

這部全球總銷量可媲美聖經的童話集，是由雅各．格林和威廉．格林兩兄弟共同撰寫。他們分別在一七九五年及一七九六年出生於德意志黑森國的哈瑙鎮，兄弟倆僅差一歲。他們的父親菲利普．威廉．格林是位律師，曾當過哈瑙鎮公所的書記和施泰瑙鎮的領地主務官兼法官。

兩兄弟之下還有卡爾、費迪南、路德維希三個弟弟以及妹妹夏綠蒂，再加上媽媽多蘿西婭，一家共八口人。

格林兄弟會想要編纂童話集，其背景動機與當時德國的社會現狀有關。

十八世紀後半，關注德國民謠及民間故事的Ｊ．Ｇ．赫德，編輯並發行了《歌謠中的民族之聲》，對偉大詩人歌德所寫的敘情詩產生極大的影響，成為德國敘情詩的一大轉捩點。

另一方面，J．K．穆薩烏斯則於一七八二～八六年發行了全八冊的《德國人的民族童話》。與其說這套書是童話，更偏向傳說故事的收集編纂，雖然書中的長篇故事不少，卻廣受大眾喜愛。而據說最早收集德國民間童話的作品，是一本匿名編著者所發行的《口耳相傳兒童故事大全》。

同時，歌德的夫人克莉斯汀安娜的兄長，也出版過一本名為《乳母的故事》的童話。到了十九世紀，民間出於一股對拿破崙征服全德國的反抗心態，記載民間故事、民謠等強化民族意識的書本也迅速增加。

格林兄弟想要出版童話集的動機，也是希望能推廣民間故事中所隱含的德國民族情操，為那些在拿破崙戰爭之下因國家淪為法國殖民地而士氣盡失的德國人，找回民族的自尊心。

在許多格林兄弟的傳記或研究書籍裡，記載的撰寫動機就如上一段所述。然而這個世界並非如此簡單。事實上，也有一些說法認為他們還有其他不為人知的動機。兄弟倆其實是希望透過出版童話集，來改善他們已經跌落谷底的貧窮生活。

當時兩兄弟的收入並不固定，能拿到的薪資也少得可憐，在經濟上十分困頓，生活上幾乎面臨斷炊。於是，他們便想要從事當時逐漸流行起來的童話編纂工作，並藉由出書來賺取版稅。

# 2

# 格林童話的初稿為何遺失？

格林童話前後總共編修了七次，一直改到第七版才總算完成。第一版的稿件是一八一〇年彙整的四十六篇童話，不過其草稿卻已不知所蹤。直到經過八十三年後的一八九三年，才偶然地在艾倫伯格一處修道院的書庫中被發現。

發現者是該修道院一位負責管理圖書的神父，草稿中屬於雅各筆跡的部分有二十五篇、威廉的筆跡有十四篇、其他提供者的七篇。而格林兄弟於一八一〇年十月二十五日也寄了四十六篇草稿給編輯，因此這些發現的草稿就是全部了。

那麼，為什麼第一版的草稿會由艾倫伯格的修道院所保管呢？原因竟是出在一名不可理喻的麻煩男人身上。

格林兄弟當年將這份草稿寄給後期浪漫派的作家克萊門斯・布倫塔諾。這位是格林兄弟的指導教授——馬爾堡大學薩維尼之妻舅。透過這層關係，布倫塔諾才會知道格林兄弟正在收集民間故事。

因此以民間故事為基礎從事創作的布倫塔諾，便請求格林兄弟將收集來的民間故事借他參考。

「我會用完全不同的方式來呈現這些民間故事，你們不會因此有所損失。」

格林兄弟被布倫塔諾說服之後，便將收集來的四十六則故事的草稿寄給布倫塔諾。但兩人深知布倫塔諾個性馬虎隨便，便隨著草稿附上一封信寫著：

「按照約定，我們將收集來的民間故事寄給您了，請您隨意使用吧！之後再煩請撥冗寄回。」

信就這麼寄到他手上。

只是正如格林兄弟所擔心的那樣，布倫塔諾並沒有歸還草稿。不過一八一二年還是由柏林的出版社出版了五十篇格林童話。格林兄弟早為草稿可能回不來做了準備，預先謄好了一份副本。於是，這本名為《兒童與家庭童話集》（初版發行時的書名，之後本書提及時會直接稱《格林童話》）的格林童話初版，共包含了複寫的四十六篇，以及格林兄弟保留在手邊的四篇，這些內容經編輯、出版之後，自此走入大眾的視線中。

至於寄給布倫塔諾的草稿為何會由艾倫伯格的修道院所收藏，一般認為是由於當時修

格林兄弟　哥哥雅各（右）和弟弟威廉（耶里休繪）　一八五五

道院院長埃弗雷與布倫塔諾家交情不錯。說不定克萊門斯．布倫塔諾因為某些原因請埃弗雷院長保管那些草稿，後來便把這件事忘得一乾二淨了。

在艾倫伯格發現的原始草稿後來成為研究格林童話的寶貴資料，許多已發表的相關研究都是以這份草稿為基礎。

順帶一提，這篇手寫原稿於一九五三年在紐約被拍賣，由當時國際紅十字會副總裁馬丁．伯特馬得標，目前由座落於瑞士日內瓦的伯特馬圖書館所珍藏。

# 3

# 格林童話研究學者所揭露令人驚愕的事實

格林童話最早是雅各和威廉・格林兄弟走訪德國各地農村，打聽許多德國自古流傳下來的民間故事，並將這些故事不做任何改動地集結成冊，自此流傳後世。

格林兄弟收集故事時，都是向農戶的老太太們打聽，畢竟民間故事就是透過口耳相傳得以保留下來。但是格林童話裡所載的多篇民間故事，都沒有提及是出自德國的哪個地方，或是出自何人所述等背景資料。

少數出現過的例外，就是《兒童與家庭童話集》初版第二冊的序文中，一段文字表示「在卡塞爾近郊的茨維恩村聽一位農婦菲曼所述」。另外，較有名的還有威廉的兒子海爾曼復刻的初版童話集裡，以筆記方式記載了一位瑪麗太太是民間故事的提供人。

不過，隨著許多研究學者深入研究格林童話之後，則發現更加驚人的事實。

原來住在卡塞爾近郊的菲曼太太全名叫朵蘿西亞・菲曼，並不是血統純正的德國人，而是從法國逃亡而來的新教徒後代，平常使用的語言是法語。不僅如此，她更不是什麼沒受過教育的農婦，是一名中產階級婦女。

此外，關於瑪麗太太的部分也在一九七五年發現了一些新事實。被譽為現代格林學最高權威的海恩茲・羅雷克（Heinz Rölleke）證實這位瑪麗太太的身分是虛構的，實際上她名叫瑪麗・哈森佛魯格（Marie Hassenpflug），是一位來自中產階級且教養良好的女性。不僅如此，她母親還跟菲曼一樣是法國新教徒，在哈森佛魯格家也都是說法語。

因此到了現代眾所周知的事實，便是將民間故事提供給格林兄弟的人，並非上了年紀的農家老嫗，反而多為教養良好的女性。

那麼，提供這些民間故事的到底都是哪些人呢？提供〈菲切爾的怪鳥〉等五篇故事的芙莉黛可・蒙內爾，是牧師的女兒，能說流暢的法語，有極好的文學修養。〈貓鼠湊一家〉等故事的提供人是住在卡塞爾的朵蘿西亞・維爾托，她是來自瑞士的解剖學教授之女。

前述的瑪麗・哈森佛魯格也是黑森大公國的官員之女。而且格林兄弟的妹妹夏綠蒂也和哈森佛魯格的兄弟結婚了。

因此格林童話研究專家羅雷克便分析道：「格林兄弟並沒有到處旅行尋找童話故事。

是民間故事的提供者自行來到格林兄弟身邊告訴他們，其中多為中上流階級且教養良好的女性。」

也有些研究學者對於其中的內情做了推測：

「原因之一是兩兄弟經濟非常困頓，不太可能寬裕到能夠到處旅行做調查。也根據這一點，兄弟倆更不可能游刃有餘到能專心編纂童話，他們必須賺取生活費，而且也可能同時進行其他研究。」

不過即使如此，也並非表示格林童話就沒有任何學術價值。

格林兄弟在童話研究的歷史上仍具有劃時代的貢獻，這點無庸置疑。

不過，若格林兄弟所收集的民間故事並非德國自古流傳下來的，那麼後來格林童話被稱為德國人最全面的民間故事大全，又被當成國民遺產，此一情況又該如何看待才好？

# 4 其實格林童話是創作出來的？

格林兄弟在格林童話初版的序文中寫道：「我們兄弟致力於以最純粹的形式收集這些故事。不會對故事加油添醋、予以粉飾或進行變更。原本內容便如此豐富的故事，我們完全沒有必要加筆。而這些故事，也不是我們想編造就能隨意編造得出來。」到了第二版的序文中也寫道：「關於我們收集故事的方式，首要考量就是忠實地還原故事。我們沒有對收集來的故事作任何加工或粉飾。」

格林兄弟雖然表示他們將民間故事收集之後，並沒有任何更動便付梓成書，但事實是如此嗎？

實際上，初版與第二版的序文除了上述內容之外，也提到：「至於用字遣詞或是細節描述的部分，自然大部分都由我們來填補。」看來這一段話才是格林兄弟真正想表達的，不只有用字遣詞或細節呈現部分，兩人應該也大幅度地重新改寫了。

格林兄弟寄給後期浪漫派作家布倫塔諾的童話草稿失蹤，後來在艾倫伯格的修道院書庫內被人發現，將這份草稿與初版的文章進行比較之後，就會發現格林兄弟做了大幅的添筆。初稿中的故事幾乎全都是草稿的兩倍長，依照每一篇作品的添加程度，幾乎可說是格林兄弟親手創作的內容了，兩人為何又要在初版或第二版的序文裡，強調是按照原本口耳相傳的內容來撰寫呢？其實都是因為當時出版童話集的目的，是要提高民族意識，若說內容是格林兄弟這兩個籍籍無名的學者所作，肯定不會為讀者所接受，甚至還可能影響到書的銷量。

格林兄弟大幅改寫、添筆民間故事，讓格林童話幾近於原創。民間故事專家或研究學者之間應該早就已經知道這件事了。

但是，原本的民間故事被弟弟威廉．格林親筆大幅改寫，這個事實直到近期才被視為問題並提出。

之前這個問題一直被忽略，其原因可能是在研究學者、人民心中都已經認定，就算作品內有添加或創作的部分，《格林童話》仍是日耳曼民族共同的文化遺產。

# 5
# 格林童話故事裡所描述的時代

儘管日本的民間故事，一定會從「很久很久以前，在某個地方……」這句話展開，但許多作品的時代背景都是很清楚的。例如〈竹取物語〉、〈一寸法師〉發生於平安時代，此外更有不少故事以鎌倉時代至室町時代初期為舞台。

那麼，歐洲的童話故事又如何呢？

比格林兄弟還早一百三十年前，在法國發表了〈灰姑娘〉、〈睡美人〉等童話的夏爾・佩羅（Charles Perrault），便將故事的背景設定在與他大約同時代的路易十四在位前後。亨利四世建立的波旁王朝統治了整個法國，直到一六四三年路易十四即位後，興建華麗的凡爾賽宮，也迎來了絕對王政的全盛時期。路易十四的權力之大，讓他後來甚至宣稱「朕即國家」。

儘管在一百四十六年之後，波旁王朝因法國大革命而遭到推翻，路易十六更被推上斷頭臺，但佩羅所寫的童話故事，背景時代卻是在法國王權全盛期的路易十四時。佩羅同樣也是收集了在民間流傳的逸話故事，並以此為題材撰寫童話。儘管這些流傳下來的民間故事誕生的時代各不相同，但在佩羅作品中，全都統一為路易十四在位時期。

那麼，格林兄弟又是如何處理故事時代背景的呢？從故事發展及登場人物的設定看來，必然是以中世紀的德國為舞台。格林童話中有不少作品加入插畫，尤其專為兒童寫的繪本都是以繪畫為主，這些畫裡都含有中世紀德國的風土民情。

然而，格林兄弟共修訂了七次童話內容，從這個事實來看，就不能認定其時代背景僅限於中世紀了。

格林兄弟，尤其是弟弟威廉，之所以多次修改初版的故事內容，是因為他們希望讓一八〇〇年代的讀者們更容易接受故事的發展、登場人物設定以及角色性格。

若是如此，那麼儘管原本故事是以中世紀德國為舞台，但真正的時空設定，卻變成格林兄弟及當時讀者所存在的一八〇〇年代初期至中期左右。也可以說，儘管格林童話收集了德國自古流傳下來的民間故事，但實際上描繪的仍是一八〇〇年代的民眾心理。

# 6

# 格林兄弟陸續修改了七次，對文章的追求究竟是什麼？

格林兄弟所刊行的童話集，從草稿撰寫起算歷時四十年之久，共修訂了七次。這是弟弟威廉不顧哥哥雅各的強烈反對，逕行做出的修改。雅各將民間故事視為文化遺產，希望能以學術性的角度收集之後，用古老的形式將流傳下來的民間逸話及遠古傳說編纂成童話集。但是威廉卻打算將民間逸話及遠古傳說以文學形式彙整下來。因此在兩兄弟不斷地交流之下，整部故事歷經了七次修改，其中有些故事遭到刪除，也增加了許多故事。

每更改一次版本，故事內容的措辭表達就會有些許不同，有些變得有固定模式或是有各自的風格特色，這點就表現在格林童話中「類似情節重複三次」等特殊呈現。儘管雅各對威廉這樣的作法批評甚多也不敢苟同，修訂一事仍是照樣進行。

特別是在一八三七年之後的版本中，故事不斷增加，序文裡更記載著：「希望能夠補足並讓故事集更完整。」但這之後的版本也還是一直改編修訂，並稱其為「完整版」。

不可否認，在威廉的努力之下，經過修訂改寫的格林童話變得更容易閱讀、更平易近人了。那麼他近乎執著地堅持要改編修訂的理由，究竟是什麼呢？似乎是因為威廉會在民間故事及古老傳說中追求文學價值，所以希望這部童話集能成為德國人民在文學方面的文化遺產。

民間故事及古老傳說原本就是由母親或祖父母輩口耳相傳保留下來的，一八一二年初版將這些傳說延續下來，是雅各為了配合童話的口語傳承形式，才以簡潔的文筆將這些撰寫下來。然而在這段時間，正逢原本昂貴的書籍逐漸普及民間，市民能輕易地買到書，全德國人民也掀起一股閱讀風氣。

威廉的文學素養比雅各更為豐富，受到閱讀風氣的影響，威廉想將聽傳的童話改變成閱讀形式，因此經歷的這七次修訂，就是把用耳朵聽的童話轉變成用眼睛看的童話。他的努力的確有所斬獲，童話集的內容從口語體變成文書體，更成為能讓人們仔細吟味的作品。

十八世紀後半到十九世紀前半這段時期，坊間刊行了許多民間故事集或童話集，其中大部分都已經失傳，格林童話卻能流傳至現代，甚至還傳遍了全球，威廉一番苦心的改編可說是功不可沒。

# 7

# 為何格林童話自第三版起換了一家出版社？

格林兄弟透過後期浪漫派作家阿爾尼姆（Achim von Arnim）的介紹，在一八一二年九月及十月，分兩次將《兒童與家庭童話集》的八十六篇原稿，交給了由蓋爾格・萊默（Georg Andreas Reimer）在柏林經營的實科學校書店。這是為了配合童話的特性，特意趕上聖誕節送禮的活動。

初版童話是在十二月二十日出版，賣出的數量為四百五十部，是印刷量的一半。不只如此，更缺少了最後第八十六篇作品〈狐狸與鵝〉。

當時人在柏林的阿爾尼姆寫了封信給格林兄弟道：

「萊默不知道他把那篇作品放在哪裡，可能被他的孩子們撕破扔掉了吧！我最近也遭遇類似的情況，他沒把事情確實做好。」

萊默在柏林經營一家知名出版社，經手不少一流作者的著作，但本人的個性似乎相當漫不經心。他弄丟了〈狐狸與鵝〉原稿之後，格林兄弟再寄了一份給他，因此一八一三年三月又刊行了初版中所沒有的部分。

雖然出版社的粗心大意讓格林兄弟十分憤慨，但這是他們在發行童話時大力幫忙的前輩好友阿爾尼姆所推薦的出版社，只好忍了下來。萊默不知是否也吃定了這點，後來並沒有如實支付他們童話集的版稅。

也不知道是做人太善良還是學不會教訓，格林兄弟在一八一九年還是讓萊默的出版社發行了第二版。這次是加入他兩人的弟弟路德維希繪製插畫的版本，也發行了一千五百部，但萊默又只給付了部分的版稅而已。

一再忍耐萊默行徑的格林兄弟，至此終於忍無可忍，到了第三版就交由哥廷根的代德理西書店來出版。這麼一來，兄弟總算拿到了他們期盼已久的版稅。

然而這麼做的結果，卻使得格林兄弟的另一位弟弟費迪南慘遭開除，丟掉原本在萊默書店的工作。

## 8

# 〈狐狸與鵝〉因編輯人員的疏失而遺落，實有隱情的故事

一八一二年的初版銷售量僅賣了印刷量的一半不到，是因為本該收錄在書最後的一個章節，在人為疏失下沒印出來，只做了註解而已。在此為讀者們介紹這篇由於當年突發狀況而沒刊登的故事〈狐狸與鵝〉。

狐狸來到了草原上，發現一群肥美的鵝。他立刻就想吃掉這些鵝，但鵝群苦苦哀求他「請讓我們在死前祈禱吧」。

狐狸同意了這個要求之後，第一隻鵝便開始「嘎——嘎——」地叫了。但是牠的祈禱好像沒完沒了似的，因此第二隻鵝也等不及地跟著「嘎——嘎——」叫。接著，其他的鵝們也接續地祈禱叫喊著，至今仍此起彼落不曾停止，狐狸不管怎麼等也沒辦法開始吃鵝。

這篇在格林童話裡算是相當幽默的故事，從初版到第七版，始終都是編號第八十六篇，固定放在全書最後一章。

# 9

# 〈荷勒太太〉是沒有王子登場的女性主義童話?!

〈荷勒太太（Frau Holle）〉是格林童話裡相當知名的作品，從初版到第七版都一直以相同編號收錄在書裡。此外如〈白雪公主〉、〈灰姑娘〉等格林童話中較受歡迎的篇章，也是直到第七版都是一致的編號。

一名寡婦帶著兩個女兒，一位醜陋懶惰，另一位則貌美勤勞。母親非常偏愛醜陋的親生女兒，對於非親生的貌美女兒百般壓榨，讓她必須負責洗衣做飯等家裡大小事。

某一天，美麗女孩一時疏失，把紡錘（初版是桶子）掉進井裡。女孩不知所措，想也不想便跳進井裡。

沒想到井裡居然別有洞天自成另一個世界，女孩在裡面遇到牙齒很大顆的荷勒太太。

「如果妳肯每天幫我抖一抖床上的被子，讓它蓬鬆柔軟，我就讓妳住下來。」

既然荷勒太太如此要求，女孩也就按照她的吩咐，每天認真工作，因此過著衣食無虞

的生活。當女孩說想要回家時，荷勒太太為了感謝她的辛勞工作，便下起一場黃金雨，讓女孩帶著一身金子回家去。

後來，母親打算讓醜女兒如法炮製，因此也要她跳入井裡。醜女兒來到荷勒太太家之後，得到的不是黃金雨而是黑色瀝青。而且這些瀝青一直下到醜女兒死了才停下來……

仔細看看這個故事，會發現並沒有王子登場。格林童話中凡有女孩遭到母親（繼母）虐待，通常最後都會有白馬王子出來拯救女孩，最後過著幸福快樂的日子。借助王子這種擁有強大權勢的男性來獲得幸福，顯示格林童話裡的女孩們都是靠別人幫忙達到成就。

另一方面，〈荷勒太太〉裡的美麗女孩，卻是在荷勒太太身邊工作，最後獲得黃金報酬後才回家。換個說法，就是女孩靠著自己工作賺取收入（黃金），最後過著幸福快樂的日子，所以這個故事裡王子就沒必要出現了。

有學者抨擊格林童話充滿男性優越的父權主義，表示〈荷勒太太〉有著女性主義的傳統形式及情懷。那麼在女性主義者的眼中來看，或許〈荷勒太太〉才是應該讓孩子們閱讀的正確童話吧？

# 第2章

# 格林童話初版之後遭刪除的殘酷故事

# 10

# 《格林童話》從初版到第七版為何需要修訂？

眾所周知《格林童話》並不只有單一版本，這是因為它包括初版、決定版等各種出版品。光是從草稿開始算起，格林兄弟自己就做了多達七次的修訂。從一八一二年初版第一冊起，歷經全面修改增補的一八一九年再版、一八三七年的三版、一八四〇年的四版、一八四三年的五版、一八五〇年的六版、到一八五七年的第七版，都做了陸陸續續的修訂。

第一次執行全面修改是在一八一九年的再版，修改內容有些值得關注的特徵。

第一點，就是每一篇故事都被改寫得較符合童話定義。在初版中出現的註釋沒有了，內文變得較容易閱讀。其次，就是在書的結尾加上聖徒故事。而最大的變化，就是弟弟威廉從這版開始，統一以文學方式呈現整部故事。哥哥雅各認為民間故事要以口耳相傳形式呈現，不贊成做此改變，但是威廉以標準德文重新撰寫口傳的故事，文學式的表現方法讓故事更為精煉，也有助於格林兄弟的作品能更廣為流傳。

這點不只是因為威廉透過民間故事研究日耳曼民族的信仰、語言、傳說，他更希望能將民間故事廣泛介紹給德國人，啟發他們的民族意識。

同時，必須符合時代要求也是修訂高達七次的背後原因。格林兄弟所收集的民間故事中，有不少相當殘酷的描寫，違背了宗教甚至道德方面的認知。在草稿及初版時期，都直接保留這些殘酷的故事情節或呈現方式。後來隨著幾度修訂，這些故事也變得較為平和。

例如〈狗和麻雀〉（初版裡的篇名為〈給忠實麻雀取名的人〉），就是馬車夫把麻雀的朋友小狗碾死了，遭到麻雀復仇而死的故事。在初版中小狗會被碾死的原因，是由於牠喝得爛醉躺在馬路中央，這麼一來會讓人覺得牠自作自受。因此在修訂版中，小狗是累得躺在馬路上才遭此橫禍，而且還把車伕改寫成充滿惡意的反派。

格林兄弟將自己的道德觀投射進民間故事之後，就重新修改內容，例如將立場對立的親生母女改成後母與女兒、大幅度修改、刪除性相關的描述。結果就是故事中無辜的人會得到好報，惡人或不道德的人則會面臨更嚴苛的懲罰或命運，這便是最後決定版（第七版）格林童話的形式。後來各國的翻譯版本，也都是從這部決定版翻譯過去的。

# 11

# 〈漢斯的特琳〉裡的特琳最後去了哪裡？

「漢斯的特琳是個懶惰鬼，什麼事都不做。」

這篇故事的開頭便是這句話，而這位漢斯的特琳究竟是誰，並沒有任何解釋。

特琳一開始想著：「要先吃東西呢？或是睡覺？還是開始工作？對了，還是先吃東西吧！」於是便大快朵頤了一番。接著又說：「對了，小睡一下吧！」然後就睡著了。看來一點都不打算工作。

有一次，漢斯來了，見到大白天仍在睡覺的特琳，便偷偷把她的裙子剪到膝蓋處。後來特琳出門時，發現裙子居然莫名變短大吃一驚。「我是特琳嗎？難道我不是特琳？」她想半天想不通，決定回家敲了敲窗戶，問道：「特琳在不在裡面？」

這時家裡的人們以為特琳還在睡覺，便回答：「在哦。」

「這樣啊，那麼我就不是特琳了吧！」

接受了這個答案的特琳於是離開村子，再也沒有回來。如此一來，漢斯總算徹底擺脫了特琳，這篇故事也就結束了。

這篇故事呈現的特琳似乎是個不怎麼聰明的女孩，但內文中並沒有提及她的年齡。至於漢斯，究竟又是誰呢？

這個謎題的答案，只要看了第二版大概就能找到。第二版中的〈漢斯的特琳〉被另一則類似的故事〈聰明的艾莎〉所取代。一對夫妻有個女兒，大家都喚她作聰明的艾莎。後來找到了一位名叫漢斯的男子當結婚對象，漢斯提出條件，說如果艾莎真如人說的那麼聰明，那他就願意娶她。從這點可以看出，初版中的漢斯就是特琳的老公。而這一版的艾莎，仍是被描寫成不太聰明的女孩。

〈聰明的艾莎〉後半段的情節與〈漢斯的特琳〉幾乎一模一樣。只不過當艾莎搞不清楚自己是否為艾莎，來到窗邊問：「艾莎在家嗎？」這時回答她「在哦」的就是漢斯本人。這一點和原本的〈漢斯的特琳〉相比之下，或許更顯得殘酷無情。

這樣的故事被當成笑話在歐洲流傳至今，簡單來說就是一則又笨又懶的妻子被丈夫趕出家門的故事。從閱讀故事的角度來看，或許也想讓大家記取教訓，千萬不可好吃懶做吧！

# 12 〈持刀的手〉砍了手之後，也斬斷了戀人間的關係?!

格林兄弟非常喜歡「幾個兄長以及最小的妹妹」這樣的故事設定。例如〈十二兄弟〉、〈七隻烏鴉〉等，有好幾則都是兄弟們拯救么妹的故事。似乎是這樣的設定讓他們想到自家兄妹間的感情。關於這一點，本書第6章會再仔細探討。

不過，格林童話裡也有兄妹感情不好的故事。

某地住著三兄弟跟他們的么妹。媽媽非常疼愛這三兄弟，但對最小的女兒卻總是頤指氣使，動輒辱罵，還命令她每天去荒原撿炭回來，好用來生火煮飯和取暖。用來撿炭的工具，更是破舊得不堪使用。

不過這名女孩是有戀人的。那就是住在她家附近山丘上的精靈，每次女孩經過山丘要前往荒地時，精靈就會從岩石裡拿出魔法匕首給她。在那把刀的幫助下，女孩就能輕鬆割下煤炭。等她回家的路上，只要輕敲岩石，精靈就會伸出手來取回匕首。

然而，某天媽媽發現女兒的樣子不太對勁，因此要三個哥哥去跟蹤她。哥哥們見到妹妹拿了魔法匕首之後，便不由分說硬搶了過來。接著又像女孩平常所做的那樣，再度敲了敲岩石，等精靈伸出手便用刀砍下那隻手。

於是那隻鮮血淋漓的手縮了回去，再也沒有出現過。因為精靈以為女孩背叛了他們的愛……

〈持刀的手〉故事就到此為止，若去深入思索，會發現頗為耐人尋味。

將女孩與精靈的關係設定為情人而非朋友，感覺上就不像是說給孩子們聽的故事。而壞心哥哥們為了破壞他們的關係，居然還特地砍了精靈的手。畢竟精靈被匕首砍斷了手，肯定會認為遭到戀人背叛，這麼一來兩人的愛就會被他們一刀兩斷。

再進一步地解讀，或許也可以說這幾位兄妹的關係並不差，而是哥哥們實在太愛妹妹了，在嫉妒心的驅使下，才會破壞妹妹與精靈之間的關係。

格林兄弟在撰寫這篇故事時是否加入了這層意思，我們不得而知。不過這一篇並非口耳相傳的民間故事，因此第二版之後就被刪除了。

# 13

# 〈藍鬍子〉妻子為什麼要打開不能開啟的房間？

最小的妹妹被迫嫁給詭異的國王，離開家裡的三個哥哥。這是〈藍鬍子〉中女主角的遭遇。雅各與威廉兄弟也同樣有這麼一位么妹。這位妹妹跟某位政治家結婚，但在格林兄弟遭到社會排擠時，妹婿卻為了明哲保身而選擇與他們兄弟切割關係。

對於一向疼愛妹妹的雅各與威廉而言，這名妹婿或許就像藍鬍子一樣，是個搶走妹妹的可恨之人。格林兄弟很可能在寫這篇故事時，將藍鬍子視為妹婿、女主角視為自己妹妹，因此讓哥哥們殺了藍鬍子救出妹妹，兄妹再相親相愛地恢復原本生活。而且說不定在心裡也偷偷地對這樣的結局感到很滿意。

然而這篇格林兄弟應該會喜歡的故事，在初版之後便消失了。似乎是因為這篇故事與佩羅童話中的某篇太過相似，顯然有抄襲之虞。

回到故事本身，這名藍鬍子殺了所有前妻，並將屍體都掛在祕密房間裡的牆上。雖然是個性格異常的人，似乎也不會毫無理由殺害妻子。自己出遠門前，為了怕妻子無聊就把房子內所有房間鑰匙交給妻子，還吩咐她只有金色的小鑰匙不可以使用。有些人也推測說，所謂「打開祕密房間」這個行為，其實是暗示妻子「通姦」的隱晦說法。而打開禁忌房間時，鑰匙上所沾染的血跡擦拭不掉，也意指通姦這樣的事實是無法抹消的。

若從當時社會背景來看，也就不難想像了。中世紀歐洲貴族會因為戰爭等因素長時間不在家，這時為了避免妻子外遇，會幫她們戴上「貞操帶」。那是一種以金屬製成的內褲，在重點部位覆蓋住堅硬的金屬。他們讓妻子穿上它並上鎖，之後帶著鑰匙離開家。不過妻子也不是簡單人物，她們在丈夫出門之後，會請工匠打造備鑰，再去會見情夫偷歡。

因此若從這個角度來解釋的話，藍鬍子是因為自己離家時妻子外遇，才會如此憤怒。儘管他的懲罰方式看起來非比尋常，但根據中世紀歐洲的法律，妻子若不貞，丈夫便能夠自由處罰她們。

話說回來，據說這位藍鬍子有其參考的人物原型。那就是十五世紀在聖女貞德身邊大顯身手的法國軍人吉爾・德・萊斯侯爵。自從他年過三十之後，行跡就變得十分詭異。他繼承祖父所留下的龐大遺產，自費興建禮拜堂，但這麼做與他的信仰完全無關，而是為了滿足私慾。他在這座禮拜堂內組織聖歌隊，以此名義從全國各地招募美少年來參加甄選。

接著白天讓他們假裝是純潔的聖歌隊，晚上則玩弄這些美少年，最後還殺害他們。或許這麼做還無法滿足他，據說他的城堡周邊還頻頻發生少年失蹤案件。後來他的爵位被削，從萊斯的城堡中發現無數兒童遺骸，這件事才被揭穿。不過，也有一說是這一切都是政府為了陷害他而栽贓嫁禍，真相如何至今仍未可知。但若他真的是兇手，那麼他所殺害的兒童數量竟高達六百人。

此外，十六世紀的英國也有一位國王被稱為藍鬍子公爵，他就是催生出英國國教的亨利八世。為了反抗不許他離婚的羅馬教皇，也為了順利休妻，便脅迫坎特伯雷大主教創立新教。但他與當初不擇手段娶到的妻子安妮·博林也沒有維持太久，最終陸續娶了六名妻子，還讓其中兩位蒙受不白之冤遭到處決。

姑且不論史實，這篇童話中的藍鬍子，其實也是有點可憐的男人。他容許新婚妻子揮霍無度，也對她極好，但因為自己容貌長得有點可怕，才無法撬開妻子的心扉。即使愛著對方也珍惜對方，卻因為容貌不佳而不被愛，最後還遭到背叛……若這種事一而再再而三發生，人格肯定會變得很扭曲吧！

# 14

# 〈穿長靴的貓〉貓為什麼想要靴子？

三個兒子繼承遺產時，長男繼承磨坊，次男繼承驢子、三男繼承貓。這位小兒子繼承最不值錢的遺產，等於是抽到下下籤的運氣，卻拜這隻貓所賜受到國王的賞識。

在這則故事中，有如招財貓般帶來幸運的貓，一開始便對小兒子提出條件。

「請幫我訂做一雙皮製長靴，這樣我就可以幫助你出人頭地了。」

難道小兒子不曾懷疑過為什麼貓會想要長靴嗎？如果他要求的是食物，就很符合動物的思路，也比較簡單易懂。

就像桃太郎故事那樣「給我吃吉備糰子，我就幫你打鬼」。

即便不是食物，要一套華服之類的，都還較能理解。可是，為什麼非是長靴不可？

我們接著來深入探討看看，為什麼貓會這麼想要靴子。

在歐洲，自古以來奴隸或囚犯都禁止穿鞋子。而農夫階級至少還有木鞋或短靴可穿。

到了十六世紀，儘管農民之間也逐漸普遍穿上皮革長靴，但長靴還是給人很特別的印象，認為騎士策馬等場合才會穿上。

換句話說，貓向主人要求一雙皮革長靴，想要表達的便是：

「把我從奴隸身分中解放出來。」

也就是說，幫助三男成功的話，自己也會跟著出人頭地。這一點當然是因為他有勝算。在那個時代，家僕只要盡心侍奉主人，就能逐漸提昇自己的身分地位然後出人頭地，最後甚至可以爬到幾乎等同於貴族的身分——這是實際上可能發生的事，並非痴人說夢。

再說，當時在遺產繼承方面，長子都會獲得較優厚的待遇，因此磨坊家的長子得到一座磨坊，也很貼近實際情況。至於次男、三男若沒有找到背景好的女性為入贅對象，那麼要成為一國或一城之主，就更是連作夢也辦不到的事了。

想要靠女方家世少奮鬥十年，不代表這個男人沒出息，當時反而代表擁有騎士精神，能彰顯男人的價值。若這則故事發生在比格林兄弟時代更早些的十六世紀左右，那麼也算是個頗為真實的成功奮鬥史。

儘管這則故事並非因內容太殘酷，在初版之後就消失。但和〈藍鬍子〉一樣是因為情節實在太酷似佩羅童話，後來才遭到刪除。

# 15

# 〈孩子們的屠宰遊戲〉遭受眾人譴責的殘忍故事被收錄進初版的原因

在初版格林童話中，有一則非常不可思議的故事，以下來介紹給各位看看吧！

有一群孩子們正在玩屠宰遊戲。其中一名扮演屠夫，另一位當廚師，還有一位扮演豬仔。扮屠夫的小朋友用刀子劃破豬仔小朋友的喉嚨，廚師小朋友則拿著盤子盛接豬仔汩汩留下的鮮血。正巧路過的市府官員大驚失色，找來了所有市府的官員，討論這個情況該如何處理。眾人都知道孩子遊戲時並沒有惡意，因此沒人敢決定如何懲罰。這時有一名老議員提出建議，讓這孩子在蘋果與金幣之間選出喜愛的那一項，如果孩子選了蘋果，那就無罪釋放，若選擇金幣則判處死刑。因此眾人便照做地試探那孩子，後來孩子拿了蘋果，因此沒有受到任何懲戒……

同一篇標題下還有另一則故事。

年幼的兩兄弟正在玩屠宰遊戲。哥哥扮演屠夫，並讓弟弟扮演豬仔，還用刀子割開弟

弟的喉嚨。聽見弟弟慘叫聲的媽媽急忙跑出來，卻發現弟弟已經兩眼翻白倒在血泊中死去。怒火中燒的媽媽從弟弟的脖子上拔出刀子，刺進哥哥的心臟。這時她想起自己正在給小兒子洗澡，又急忙回屋裡去，只見小兒子已經溺死在澡盆裡了。這名母親在極度絕望之下，上吊自盡。不久之後從外面回到家的爸爸，也因這場慘劇震驚過度而死……

這兩則極端超現實的童話在初版上市之後，就連對殘酷情境意外寬容的當時社會，都予以嚴厲譴責。甚至他們的朋友阿希姆・馮・阿爾尼姆也寫信給他們，質問：「為什麼要在《兒童與家庭童話集》裡放進不能說給兒童聽的故事呢？」因此自第二版之後，這篇故事便被刪得一乾二淨。

關於這篇故事，與其問「為什麼要刪除」，更讓人介意的問題反而是「為什麼要收錄」。這是一篇毫無夢想、希望，也得不到任何教訓的故事，很在乎他人評價的格林兄弟，為什麼要收錄呢？聽說格林兄弟在發行初版時，對二百這個數字相當執著，是因為這樣才逼不得已拿來湊篇數的嗎？或者他們只是想要忠實地將收集來的故事保留下來，算是誠實的結果呢？還是說，格林兄弟自己有從這兩則故事中發現蘊藏其中的意涵呢？

但總覺得，他們應該只是沒有想太多而已吧……

16

## 〈奇異的盛宴〉充滿惡意的詭異作品

血腸邀請他的好朋友肝腸來家裡用餐，肝腸開心地出門赴宴，卻在血腸家門前看到非常奇怪的景象，例如掃帚和鏟子正在打架，還看到一隻猴子的頭上有大傷口。

儘管如此，肝腸還是進門了。趁著血腸離開座位時，有人來告訴肝腸說：

「肝腸，你小心一點。這裡是個殺人巢穴啊！」

肝腸一聽之下，立刻落荒而逃。等他跑遠了回過頭看，只見血腸正在窗子後，手持一把長菜刀瞪著他。

「我還以為能吃到你呢！」

這篇故事在第三版之後就被刪除了。原因並非故事內容非常詭異，而是因為童話集裡已經收錄另一篇類似的故事〈教父〉。

但是在那家門口所呈現的奇異光景，到底代表了什麼意義，實在令人介意且百思不解。

## 17

# 〈飢餓瀕死的孩子們〉餓到發瘋打算吃小孩的母親

一個母親帶著兩個女兒，連裹腹的麵包都沒有，過著極度貧窮的生活。

後來母親餓到神智不清，對著大女兒說道：

「我必須殺了妳，吃掉妳才能解決我的飢餓。」

女兒嚇壞了趕緊求饒，去外面想盡辦法帶回了一片麵包。

這麼一點麵包當然無法填飽母親的肚子，於是她又對小女兒說：「這次輪到妳了。」

小女兒為了不被殺掉，同樣地到外面去帶回了兩片麵包。但這樣還是無法解決母親的飢餓。

「妳們還是非死不可，否則我就要餓死了。」

聽見母親這麼說，女兒們回答道：

「媽媽，我們睡吧！我們一直睡到最後審判日的到來。」

然後便躺下來，深沉地入睡了。這則〈飢餓瀕死的孩子們〉內容既灰暗又悲慘，實在

難以歸類成童話故事，甚至連寓言都談不上。

現實中，這些熟睡的孩子們肯定永遠不會再醒來了。而且這篇故事的最後，更是以「但是只有母親獨自離開了，後來沒人知道她去了哪裡」這句話作結尾。

弱勢的孩子們遭到虐待甚至餓死，另一方面，母親卻獨自消失。這個故事是格林兄弟從十七世紀的書籍中選出來的。儘管在第二版之後就刪除了，但為什麼初版會收錄這麼悲慘的故事呢？再加上這也不是口耳相傳的民間故事，收錄理由完全是個謎。

# 18

# 〈殺生堡〉這裡也有！跟藍鬍子很相像的詭異男人

因為〈殺生堡〉的內容太酷似〈藍鬍子〉，所以後來被刪除了。

鞋匠有三個女兒，某天，一名衣著光鮮的俊美男子乘著豪華馬車來到她們面前。男子表示對其中一位女孩非常傾心，想要娶回自己的城堡當妻子。女孩也因為能跟這麼有錢的人結婚，便欣然同意了。某次，男人因為有工作要辦，必須出門兩、三天。

「我把城堡裡所有鑰匙都交給妳，讓妳能逛遍整座城堡。妳儘管去親眼看看自己已經成為多麼富有的人。」

於是女孩便一處不漏地到處觀看。最後來到地下室，看到一名老嫗正在從一具屍體裡掏出腸子來。

「明天就輪到掏妳的腸子了！」

女孩驚恐萬分，手上的鑰匙跟著不小心掉進血泊裡，鑰匙上的血跡無論如何都洗不

掉——

這情節的確與〈藍鬍子〉很雷同。只是在〈藍鬍子〉裡，會禁止女孩去打開某個特定房間。但這篇故事卻是叫她所有地方都去看看。「禁止去看」卻還是想一窺究竟，遭到可怕的對待還可以說是咎由自取。但獲准隨意參觀的女孩，卻看到可怕的景象，只能說是運氣不好吧……

後來女孩便躲在台車上的乾草堆裡，想辦法成功地逃出城外，〈藍鬍子〉裡的女孩則是被哥哥們所拯救。〈藍鬍子〉的女孩看上去比較像養在深閨的小姐，而〈殺人堡〉的女孩則是鞋匠的女兒。既然能獨自逃脫，顯然平民還是比較強悍的囉?!

# 第3章

# 暗藏在格林童話裡的性暗示

## 19

# 〈聖母瑪麗亞的孩子〉威廉・格林喜歡脫衣舞？

從心理學的角度來看，儘管威廉刪除了部分內容，但格林童話裡仍暗藏著許多情色相關的故事。例如這篇〈聖母瑪利亞的孩子〉。

貧窮的樵夫夫妻有一個女兒，但他們連給女兒吃飽的麵包都沒有，樵夫只能待在森林裡發愁。這時聖母瑪麗亞忽然出現在他面前。

「讓我成為你女兒的母親，我來照顧她吧！」

於是女兒成為瑪麗亞的孩子，到天國跟她一起生活。十四年之後，某天瑪麗亞必須出一趟遠門。

「我不在的這段時間，開啟天國十三道門的鑰匙就由妳來保管。可是，妳不能開啟第十三道門。」

瑪麗亞說完便將鑰匙交給了女孩。接下來，女孩每天打開一扇門，那些房間裡共有十二名全身包圍炫目光芒的天使，讓女孩為他們的美麗而著迷不已。

最後只剩下瑪麗亞禁止她開啟的第十三道門了。然而女孩抵擋不了強烈的好奇心，還是打開了第十三道門鎖。只見房內是被火焰與光芒包圍的三位一體神明。女孩伸手去碰觸，結果手指變成金色——

十三這個數字，在基督教裡相當不吉利。因此禁止女孩開啟第十三道門的瑪麗亞，其實是在考驗女孩是否能戰勝誘惑。

在傳說故事中，若有人說「不准打開」，那麼就像是慫恿對方「打開它」似的。〈藍鬍子〉裡的妻子，後來也是打開了禁忌的房間。在心理學的觀點上，禁忌的房間也代表著性方面的警告。無論是鑰匙、鑰匙孔、上鎖的房間，全都是性方面的象徵。簡單來說，鑰匙代表男性性器，鑰匙孔代表女性性器。意即「不准去做放蕩的行為（性行為）」。

儘管聖母瑪麗亞明言禁止，但芳華正盛的女孩卻還是嘗試了性行為。變成金色的手指，則是表現女孩對該行為之後所產生的心虛愧疚。

而這篇故事中，還有另外一點也很值得提出來探討。威廉對於婚前性行為、懷孕、近親亂倫等性方面的表達都相當嚴苛保守，但在這篇裡，卻自動添加了部分情色的描寫。

瑪麗亞拆穿女孩曾打開禁忌之門後，懲罰說謊的女孩將她貶入人界。女孩只能像個野獸般在空無一人的森林裡生活，最後連身上的衣服也變得破爛不堪。

關於這個部分的描寫，在草稿裡其實只提到她被剝奪了在天國所穿的衣服。相對之下，初版裡則描述成衣服變得破爛。而第二版之後的描寫如下：

「過了一陣子，她的衣服便破爛不堪，變成碎片紛紛從身上掉落。等到太陽再度升起時，少女來到外面的大樹前坐下，一頭長髮就像披風一樣緊緊地包裹著她的身體。」

從內容看來，女孩已經全裸了。

之後女孩的遭遇如何呢？迷路闖進森林的某位國王發現了女孩，對她一見鍾情，帶她回到城堡娶她為妻。

或許也可以說，國王見到裸體的女孩，對她產生了性方面的慾望。

不可以有性行為，但裸體就沒關係嗎?!威廉所添加的橋段是女孩的衣服逐漸破爛，慢慢變得一絲不掛。看起來，莫非威廉喜歡的是裸體秀……

# 20 〈忠實的費倫南特與不忠實的費倫南特〉公主相當忠於自己的慾望?!

〈忠實的費倫南特與不忠實的費倫南特〉是一篇相當特別的辛辣故事，兼具性與殘忍的描述。

一位名叫忠實的費倫南特的俊美青年，在旅途中結識了一位聰明狡猾的男子，名叫不忠實的費倫南特，兩人便結伴前往某國，一起在國王麾下工作。不忠實的費倫南特討厭忠實的費倫南特，知道國王戀上某國家的公主後，便要忠實的費倫南特去帶回那位公主。但是要前往公主所在的國家，就必須橫渡一片有著巨人與大鳥的海洋。忠實的費倫南特聽從了白馬的獻計，順利地把公主帶回國王身邊。

但是比起國王，這位公主似乎更喜歡忠實的費倫南特，理由則是因為國王沒有鼻子。在精神分析理論中，鼻子代表了陰莖。因此這部分的描述宛如什麼猥褻的笑話，但威廉似乎沒有注意到這點。

此外，在〈狐狸太太的婚事〉這篇裡也傳達了類似的意思。狐狸太太以為老公已經死去（其實只是假死），便開始物色再婚的對象。她拒絕了只有一條尾巴的狐狸求婚，又陸續拒絕兩條、三條尾巴的狐狸……直到擁有九尾的狐狸前來，狐狸太太才決心要嫁。這裡的尾巴就讓人聯想到陰莖，更何況在德文中，尾巴這個單字也可以是陰莖的俗稱。

威廉完全沒有發現這篇童話裡隱藏了非常下流的意義，還寫信告訴恩師薩維尼（Friedrich Carl von Savigny）說：「這是我最喜歡的一則故事。」

有氣喘病，又老是關在家裡做研究的威廉，或許真的很缺乏這方面的知識。我們再回頭談論前述的公主，她不願意嫁給國王，還為此在大眾面前露了一手震驚四座的戲法，就是能把砍下來的頭恢復原狀。公主先把忠實的費倫南特的頭砍下來，再將他的頭放回原位，讓他恢復原狀毫髮無傷。接著國王也接受這項戲法表演，但當國王的頭被砍下之後，公主卻故意裝作無法順利接回去，國王就這麼死了。

後來，公主便歡欣順利地與忠實的費倫南特結婚。這位公主憑著一己之力，避免嫁給沒有陰莖的老公而面臨後半生最大的不幸，這在格林童話裡也算是個相當行動派的女性了。

# 21

# 〈小紅帽〉小紅帽被大野狼侵犯了？

本書的第1章提過，格林童話並非僅限於德國民間故事。因此就連知名的〈小紅帽〉這篇故事，追本溯源其實是來自法國。光就這篇故事而言，格林童話版本的小紅帽就是好孩子卻「沒有好下場」，故事性上有所不足。畢竟這篇似乎是格林兄弟從佩羅童話中借鏡來的，那麼我們這裡就從最原始的題材——也就是法國流傳至今家喻戶曉的故事談起。

小紅帽要送麵包和牛奶去給奶奶，路上碰見了大野狼。大野狼先她一步去殺了奶奶，切成肉塊之後收進櫥櫃，再把血裝進瓶子裡。這時小紅帽來了，大野狼便扮成奶奶，假裝慰勞小紅帽的辛苦，讓她吃下奶奶的肉，並謊稱是葡萄酒騙她喝奶奶的血。

小紅帽隱隱約約地覺得情況不對勁。可是因為難以形容的恐懼，只能乖乖聽奶奶的話。等小紅帽吃完之後，大野狼便說：

「小紅帽，把妳身上所有衣服脫掉，跟我一起上床睡覺吧！」

在法國的版本裡，充滿了格林版本中所沒有的「人吃人」及「性犯罪」的明喻暗喻。緊接著，值得信賴的獵人也沒有登場，小紅帽最後還是靠自己逃跑的。

「奶奶，我想要上廁所。我可以去外面上嗎？」

小紅帽堅持要到外面去，之後把為了防止她逃跑而綁在身上的繩子解下來，綁在樹幹上，再拼了命地朝家的方向逃走。這種時候，身上當然是一絲不掛的。這種不顧形象拼命逃跑的樣子，也反映出當時人民拼了命想活下來的生存方式，這點頗為耐人尋味。

格林版本的小紅帽在獵人幫助下才得以逃脫，亦即靠別人獲救。與故事原型比較之下，角色的個性塑造太順從乖巧，但也可說是反映了時代背景。這裡的大野狼，是指會侵犯年幼小孩的性異常者或瘋子。在十六至十七世紀的歐洲，為生活努力工作的父母並沒有多餘心力周全地照顧小孩。這些疏於照顧的孩子們正好成為罪犯們的目標，因此小孩被殺害、遭到侵犯等案件層出不窮。這一類的罪犯們，通常要經歷與獵殺女巫同性質的「狼人審判」，並接受殘忍的刑罰。據說必須開膛剖腹，在肚子裡塞進石頭。像是〈大野狼與七隻小羊〉那樣就地正法，似乎也是從十二世紀左右便已存在。

22

## 〈無手的少女〉惡魔就是想奪取女兒貞操的父親？

「只要你把放在水車小屋後方的東西給我，我就讓你成為大富翁。」

貧窮的磨坊工人在森林裡遇見一名老人如此對他說，他回想了一下水車小屋後方有些什麼，記得那裡只有一株老蘋果樹。

這樁交易還不錯！

立刻下此結論的磨坊工人，就當場與化身成老人的惡魔定下了契約。

回到家，只見自己的家豪華得幾乎要懷疑自己的眼睛，但也看見在後院水車小屋後方，心愛的女兒正在老蘋果樹下休息……

在格林童話中，善良的磨坊工人因為太過貧困，一時不察才會受到惡魔的甜蜜誘惑，在惡魔的教唆之下，不顧女兒不停哭泣，砍下了她的兩隻手。女兒流下的淚水洗淨了自己的身體，才勉強能夠逃離惡魔。然而她卻表示無法再留在家裡，便離家出走了。

女兒為什麼非離家出走不可呢？原因是惡魔的真實身分，正是這名父親本人！

實際上，格林兄弟聽來的〈無手的少女〉，在原本故事中並沒有惡魔這個角色。原始版本所描述的情節，是父親強迫女兒與自己發生性關係，遭到女兒拒絕便在一怒之下砍下女兒的乳房與雙手。女兒在家裡待不下去，原因便出在父親身上。

在基督教裡，近親亂倫是絕對的禁忌。因此要如何不改變故事主軸又解決這個問題，讓格林兄弟絞盡了腦汁。在現實社會中，富豪及貴族的家裡也充斥著近親亂倫的光景，儘管可以不理會這些事實，但要出版成書就會忽然提高標準，這點看來古今中外都不曾變過。

此外，日本也有類似的故事。雖然本來好像就是源於西歐，不過惡魔的角色卻變成固定反派——後母，這樣故事也能順利梳理清楚。最後手又長回來的場面，則是對照性地變成觀音菩薩登場，完美解釋了這個超自然的現象。著重在為母則強的心情上，就能確實地抓住日本人的心。

包括日本在內，全世界都有類似的故事，除了這個題材能簡單說明信仰虔誠的重要性，母愛也是普羅大眾最容易理解的情感吧！

## 23

# 〈千皮獸〉格林童話中唯一一則關於危險父女關係的故事

格林童話裡提及近親亂倫的故事，有〈無手的少女〉和〈千皮獸〉兩篇。

本書第22篇有說過，對性相關內容感到厭惡的威廉，把〈無手的少女〉做了大幅度的改編。閱讀初版時，讀者完全不會察覺到這篇故事中的父親對女兒近親亂倫。

可是〈千皮獸〉這篇卻是目前還存在的格林童話中，唯一直接保留近親亂倫描寫的故事。

讓我們來快速瀏覽一下故事內容。

從前從前，有一名國王以及擁有金色秀髮的美麗王妃。兩人膝下有一個公主，後來不幸王妃病了，留下國王與女兒撒手人寰。

王妃在臨終之際，對國王說：「如果您要再婚，一定要找一個跟我一樣美麗，也擁有一頭金髮的人。」後來國王極度傷心，在身邊的人勸諫之下總算決定再婚。

可是無論到哪裡去找，都找不到符合王妃遺言中所形容的公主。國王這時環顧了自己周遭，想到跟王妃長得相像，也擁有一頭絕美金髮的公主不就近在眼前？

於是國王轉眼便愛上了自己的女兒。而且還不顧周遭的反對，決定要和女兒結婚。

另一方面，女兒深覺這是罪孽深重的一件事，因此請求國王賜予她一件以千種動物毛皮縫製的斗篷。她一拿到便披上斗篷，並在臉上跟雙手用煤炭塗黑，把自己打扮得骯髒不堪，趁機逃進森林裡了。

公主睡在森林裡，被擁有這座森林的某位國王撿到。她因為外貌打扮而被喚作「千皮獸」，在城堡裡做廚師的工作且遭受眾人輕視。後來她的身分曝光後，城堡的國王便娶她為妻，兩人婚後過著幸福快樂的生活——這篇故事也在此劃下句點。

不過話說回來，國王對自己女兒產生慾望，這樣的情節說給孩子們聽也未免太露骨，顯然那位國王沒有罪惡感，也毫無節操。

但如果威廉想要改寫這個部分的話，很可能會改變整篇故事的主軸，或許是因為如此，他才沒在初版多做更改。而且儘管格林兄弟如此厭惡近親亂倫的題材，這篇故事仍繼續收錄在第二版之後。

# 24

# 〈萵苣姑娘〉被發現懷孕了！那句對白是什麼意思？

〈萵苣姑娘〉這篇童話，在當時對性愛描寫相當嚴苛的德國，引起了極大的爭議。姑且不論女性讀者，男性讀者出乎意料地不太熟悉這篇內容，所以我們簡單介紹一下大綱。

一對膝下猶虛的夫妻在虔誠地禱告之後，妻子總算懷孕了。這對夫妻家隔壁住著一個又老又醜的巫婆，巫婆的院子是個不許任何人進入的禁地。但在大腹便便的妻子懇求之下，丈夫打破禁忌偷走了種在隔壁院子裡的萵苣。在他第二次又進去偷盜時被巫婆發現，為了讓巫婆放過他，便答應把即將出世的孩子送給巫婆。

後來妻子生下一名女孩，巫婆便按照約定把這孩子帶走了。巫婆親自養育這個女孩，替她命名為萵苣，眼看著她逐漸長成全世界最美的女孩。女孩長到十二歲時的某天，巫婆便將女孩關到高塔上，不讓自己以外的人能接近她。

某日，一名王子路過森林，看到佇立窗邊的萵苣姑娘便一見鍾情。王子在高塔旁徘徊，看見巫婆叫女孩放下頭髮讓她拉著上塔。於是自己也如法炮製，爬上塔來到女孩面前。萵苣姑娘一開始非常吃驚，但逐漸被王子吸引，兩人便經常祕密幽會。

一日，因為女孩無意間說出的一句話，讓巫婆發現了他們的私情，怒火中燒的巫婆將女孩趕出高塔。被趕出門的女孩後來生了一對龍鳳胎。另一方面，王子則像平常那樣前來見女孩，卻只有狂怒到令人害怕的巫婆等著他，並告訴他女孩已經不在此了。深受打擊的王子從塔上縱身一躍，儘管保住了一條命，雙眼卻已被刨出而就此失明。

王子在森林裡徘徊了一段漫長的歲月，某天聽見了極為懷念的聲音。王子便與女孩再度相會，還得到了他的孩子，從此過著幸福快樂的日子——

故事大致是如此，問題就出在萵苣姑娘究竟說了什麼，才讓巫婆識破她懷孕（與王子發生肉體關係）呢？

「婆婆，我也不知道是怎麼回事，最近衣服都變緊了。」

在格林童話的初版中，就只有這一句話。大人讀到這裡，的確可以從文章的脈絡中察覺到女孩應該是懷孕了，但小朋友讀了之後，真的能理解其中的意思嗎……

然而這句被認為暗示懷孕的對白，當時似乎遭到世人的強烈抨擊，認為「誰能如此無恥地把這種童話讀給孩子們聽？」由於抗議太多，因此在第二版之後便刪除了這部分的描述。取而代之的是讓萵苣姑娘說：「拉王子上塔比起拉婆婆您上塔還要重呢！」對白變得直接且較沒有含蓄的美感了。

在格林兄弟的時代，儘管對於殘酷的描述都很寬容，但對於不道德的性方面描述，就非常嚴苛且絕對禁止。雖然這聽起來非常不平衡，但或許童話的讀者是孩子也只是藉口，宗教上是打算將性行為視為汙穢之事，並當成不能宣之於口的禁忌吧！

話雖如此，但在十八世紀歐洲的現實生活中，貴婦們會趁著早上謁見時，特地全裸躺在床上或裸身入浴，招待男人當入幕之賓。或是穿著清晰可見乳房的透明薄紗，在夜裡出門幽會，總之非常淫亂。

更何況這股風氣的起源地，也是這篇童話的來處便是法國，當時法國的版本故事一樣，但在內文表現得更直接。

「那對萵苣姑娘而言，是既痛楚又愉悅，非常棒的經驗。」

真不愧是戀愛大國啊！

## 25 〈睡美人〉越是養在深閨的女兒就會越早失身？

「將全國所有的紡織機集中燒毀！」

即使是支撐國家經濟的產業，也抵不過可愛女兒的性命……這樣的父母之愛（或自以為是？）反而變得徒勞無功，這篇〈睡美人〉就是如此諷刺的故事。薔薇公主十五歲之前沒見過紡錘，當然會覺得稀奇而伸手去摸，更不知道它的危險性。這就像父親苦心保護女兒不讓男人靠近，卻因為一時不注意，女兒便對初見面的男人感到好奇，疏於防備而遭到玷汙。

實際上的確有一派說法，認為這篇故事所想表達的重點便是如此。紡錘有著佛洛伊德常提起的堅硬筆直外型，彷彿象徵著男性性器，因此被紡錘刺傷就像暗指失去貞操。

那麼，為何事情會演變至此呢？

在薔薇公主出生前，王妃正在沐浴時，聽見青蛙來預告她將會懷孕生產。其實這裡的

青蛙暗指平民青年，因此暗喻王妃與平民年輕人通姦。也就是說，其後生下來的薔薇公主便是「罪惡之女」。在這樣的設定下，王妃懷抱著罪惡感，因此給予所生的女兒過度的性壓抑。不讓她靠近紡織機，就象徵著不許她靠近任何男性。

「公主在十五歲那年會被紡錘刺死」仙子的這番詛咒，也意指著「公主在十五歲那年，會被奪走貞操而未婚懷孕」。

因此讓公主沉睡一百年，或許也是國王與王妃為了避免她太早懷孕並保護她的貞操，才祭出的非常手段。而對於薔薇公主而言，在嚴格的雙親身邊已經不知不覺陷入「失貞恐懼症」，因此這一百年也是她為了克服這症狀所需要的時間。儘管如此，這百年間還是有許多王子聽聞薔薇公主的傳說而來到城堡，卻都被薔薇的荊棘刺死。最後幸運與薔薇公主共結連理的王子，並非是男人中最優秀的一位，只是來的時機正好罷了。或許對父母來說，與其讓女兒在十六歲就與完美無缺的優秀男人結婚，還是寧可女兒到二十五、六歲再嫁給平凡的男人會更容易接受吧！

也可以說，人生的每段邂逅，講求的都是時機要對。

# 26

# 〈青蛙王子〉青蛙變身成王子的真正原因

「請讓我跟妳享用同一個餐盤，並睡在同一張床上。」

這段話是從喜歡的人或是討厭的人口中說出來，對聽的人而言感受肯定截然不同。然而這位公主並非因為對方是青蛙才覺得厭惡。就算一開始對方就是人類，她也會覺得討厭。會這麼說，是因為這位公主的心態本來就尚未成熟，還沒準備好要接受男人，因此對於失身一事抱持著極度的恐懼。

從故事發展中來看，公主明明已屆適婚年齡，卻能在獨自玩球時獲得極度的喜悅，就可以窺得這一點（也有一說，認為這裡的玩球其實可以解釋成公主私下的「自慰行為」）。

被迫實現對青蛙的諾言而走投無路的公主，只好對國王據實以告。這個時候，公主深信身為父親的國王能夠保護自己。

可是，國王卻背棄了公主的期待。

「妳必須對自己的言行負責。」

這是強迫公主成長的方式。儘管不情不願，但在盡自己責任的同時，公主就能夠克服障礙，以成人的觀點看待事情了。

無論前因為何，或許是因為克服了阻礙公主成長的「失身」情結，才能真正成長吧！而青蛙會變成王子，其實也是公主的想法改變了。換句話說，這是一篇幼稚的公主成熟後抓住幸福的故事。

然而在與故事主線無關之處，格林兄弟似乎煞費了苦心，故事中隨處都可以看到改寫的痕跡。

首先是共睡一床的場景。在初版的設定中，青蛙撞上牆壁後變身成王子，接著「掉到床上」。但後來「掉到床上」的設定就被更改了。似乎是因為周遭人都認為如果王子是掉到床上，那麼接下來就只會做一件事了。而且改寫的內容還特別細心地加寫了變身之後「獲得國王的許可」與公主結婚。看起來格林兄弟真的是含淚努力地改寫，把婚前性行為的暗示徹底消除。

處於對性愛問題如此嚴苛的社會風潮之下，格林兄弟真是非常辛苦地顧全了大局。

# 第4章

## 你所不知道的格林童話，這才是可怕的現實!!

# 27

# 〈灰姑娘（仙度瑞拉）〉為了幸福可以假裝沒看到姐姐的慘狀

要討論童話故事中的公主，絕對不能漏掉的角色便是仙度瑞拉。這個名字幾乎已經是「麻雀變鳳凰」或「飛上枝頭」的代名詞了。

各位美麗的淑女們，千萬不要以為可以像仙度瑞拉那樣，能靜靜等到白馬王子現身來追求，若這樣想就上當了。仙度瑞拉的確長得很美麗，但她與白雪公主不同，是一位相當積極展現自我的公主。

首先是她打算出門參加舞會的場景。在法國佩羅的版本中，從禮服、馬車到隨從等舞會必備道具，全都是神仙教母特地準備來送給她的。可能是受到迪士尼採用此版本的影響，日本也根深蒂固認定這個版本的〈仙度瑞拉〉。但在格林童話中，並沒有出現這麼熱心的神仙教母。仙度瑞拉是自己去向母親種的樹許願。

「小樹木、小樹木。請給我一套漂亮的禮服。」

姐姐們並沒有發現在晚會中出現的公主就是自家妹妹，而仙度瑞拉經過看上去心有不甘的姐姐們面前，也狡猾地裝作一副完全不認識的樣子。但在她心裡肯定還是激起了相當強烈的優越感。這麼一想，仙度瑞拉又選了很好的時機點，毫不猶豫地從前門匆忙離開。等到王子拿著一隻鞋子來尋找新娘時，仙度瑞拉很快地把手上和臉上的灰洗乾淨，更表示自己也想穿穿看那隻鞋子，表現得非常積極。

而在日本流傳較廣的版本中，仙度瑞拉原諒了道歉的壞心姐姐們，所有人一起過著幸福快樂的日子。但在格林童話中登場的仙度瑞拉，可就不是那麼善良的人了。接下來我們就來介紹她的兩位強悍姐姐的下場。

仙度瑞拉最後順利地將與王子結婚，兩人手挽著手幸福地走入教堂。兩個毫不見反省的姐姐，則為了分享她的幸福，亦步亦趨地跟在一旁。而仙度瑞拉則是完全無視兩位姐姐。這時飛來兩隻鴿子啄出了姐姐們各一隻眼珠，儘管如此她們還是跟緊了新人。走出教堂時，鴿子再來攻擊她們，啄掉剩下的眼珠……

從這段文章的字裡行間，可以感受到女孩們激烈的爭鬥情形。女性之間的明爭暗鬥時至今日不曾變過，無論是為了尊嚴、嫉妒等個人的情感，或是為了飛上枝頭當鳳凰、為了權力或財產等，想要的身外之物越多，競爭就會越激烈吧！

## 28

# 〈白雪公主〉長得太美麗而三度差點遭到親生母親殺害的女兒

說到吃個蘋果就遭遇不幸的女子，夏娃算是最有名的一位，但別忘了在格林童話裡還有另一位同樣命運的女孩。沒錯，那就是白雪公主。其實無論扮成小販的王妃怎麼積極勸她吃下毒蘋果，如果不是白雪公主那麼愛吃的話，事情也不會發展至此……

出乎意料地鮮為人知的一點，就是其實這件蘋果毒殺（未遂）事件，已經是這位傻公主第三次差點被王妃害死了。第一次是把塗了毒藥的漂亮梳子插在頭上，第二次是被裝飾在胸前的綁繩勒得太緊而差點勒死。

而第三次送來蘋果時，公主竟被幾乎相同的手法所矇騙。如果用反正只是童話故事來解釋這個情況，倒也說得過去，但說穿了公主就是沒辦法從經驗中學到教訓的傻瓜。只不過是因為長得美麗，所以獵人才會饒她一命，讓她逃過一劫。「女孩子就算有點傻氣，還是可愛一點比較好」，看來這位公主的確很能體現這句俗話的意義。

可是，儘管森林小矮人是因為她的「美貌」而拯救她，但也不讓她白吃白住。於是她便接受了幫忙做飯、打掃、縫補衣服等打雜的條件。

所以無論是因為長相而獲得好處或吃過虧的人，都要謹記這個事實，別太過自滿或自暴自棄，要好好生存下去（？）。

此外，這些小矮人都是挖礦工人。當時挖礦工人所居住的地方，都是前罪犯或下層階級的庶民聚集的巢穴，大部分都對女人感到飢渴，從這點深入解讀的話，白雪公主很可能成為他們洩慾的對象。

再多補充一點，白雪公主在假死狀態下，忽然就出現了王子來拯救她。如此處於「極度被動」狀態下的公主，在當時女權運動極盛時期的美國，普遍都不認同這是一篇好的故事，更因此飽受抨擊。

加上，白雪公主原本也是備受期待而出生的。儘管之後的版本都將親生母親改為後母，但在原來的版本中，王妃這位親生母親其實也很期盼她的出生。可是女兒早早在七歲時就已經擁有超越自己的美貌，這才讓對美麗過份執著的王妃，對她的感情從愛變成憎惡。

哎呀，真是可怕呢……

# 29

# 〈糖果屋〉主角是以狩獵女巫當幌子的少年犯嗎？

遭到父母親拋棄，被女巫逼到走投無路，最後卻靠著聰明機智解決困難，從此過著富裕幸福生活的一對兄妹……大家耳熟能詳的〈糖果屋〉裡的漢斯與葛蕾特兄妹，就給人如此聰明又惹人疼愛的印象。但在德國也介紹了一部形式雷同引起注意的模仿之作。

該本書裡的故事幾乎一模一樣，但是漢斯、葛蕾特以及號稱女巫的老婆婆，三人的個性卻跟原本大家的認知完全相反。

漢斯與葛蕾特無法忍受貧窮的生活，因此自行離家出走。接著來到森林裡的糖果屋前。糖果屋裡住著寂寞卻善良的老太太，見到可愛的孩子們就打從心底歡迎，給予豐盛的招待。可是，兩名邪惡的孩子一知道老太太擁有金銀財寶，就計畫要加以奪取。葛蕾特假裝要老太太教她怎麼烤麵包，趁機把老太太推入燒熱的大鍋裡殺害了她。成功消滅屋主的兩兄妹，順利地得到錢財……

這部仿作其實寫得很好，而且也完全沒有更改任何實際發生的事，只不過改變了對登場人物的描寫，就徹底變成一部不同的作品。可是也先別對仿作一笑置之，仔細想想，會發現這是篇令人戰慄且完全就是一部關於少年犯罪的故事。

前面的章節也有提過，中世紀的歐洲，小孩是相當弱勢的存在。然而，當時也不是只有單方面被犧牲的小孩而已。同時也存在著像本書第52篇所述，明知母親會被殺害，卻還是把親生母親出賣給官員的小孩。

我們假設這篇仿作是真實的，那麼帶著大量財富回到村子的兩個孩子，即便如同格林童話所說的那樣，被傳頌成「勇氣十足的好孩子」，又有誰會懷疑呢？

畢竟在那個時代，就算迫害被視為「女巫」的女性、拿走她們財產，也不會被追究問罪。若真的有小孩看準了這個盲點順勢而為，那也不足為奇。法國大革命時，因為過度豪奢而遭到處刑的瑪麗·安東尼，死的時候還念念不忘兩個兒子。而她留下的兩個兒子，被當成平民養育，看到母親被處刑時據聞只是笑著說：「誰教她要做壞事呢，真讓人痛快。」到底他們是因為打擊太大而產生記憶障礙，或是為了明哲保身而發揮演技，我們不得而知。所謂的小孩子，在純潔的臉孔下或許隱藏著出乎我們意料的可怕樣貌。

# 30

# 〈布萊梅樂隊〉故事中的動物們為什麼沒去布萊梅呢？

一群年紀老邁，被認定沒有用處而遭到人類拋棄的動物們，決定至少要在餘生中能開心地唱歌度過，於是便起程前往名為布萊梅的城鎮。然而，牠們真的能夠將這個願望堅持到底嗎？

以驢子為首，狗、貓、雞等四隻動物來到森林裡盜賊的房子。牠們發揮了聰明才智，趕走了一幫盜賊。同時霸佔了盜賊們搜刮來的財寶，還鳩佔鵲巢，就這麼住了下來。

經歷了漫長的辛勤勞動之後，留在這裡休息一陣子洗去旅途中的疲憊，就能繼續起程前往布萊梅了吧……但這時不管怎麼翻頁，都會發現這篇故事很突兀地結束在這裡。這群動物並沒有把這裡視為長假中的休養別墅，而是決定長住下來。

或許因為這篇故事中的敵人是盜賊，人們才不以為意。但即使是盜賊偷來的東西，只要霸佔且據為己有，這四隻動物同樣也變成盜賊了啊！

在格林童話中，類似〈藍鬍子〉或〈糖果屋〉等，最後得到反派財產的故事並不少，但這篇故事的內容還是有點不太相同。因為這四隻動物並不是從直接迫害牠們的人們身上，取得這些財物。在其他篇的故事中，那些財產還可以說是「賠償金」或是「獎勵」。但這篇裡的對手雖然是罪犯，卻沒有迫害這四隻動物。

而另外非屬格林童話的一篇英國民間故事〈傑克與魔豆〉裡，有個名叫傑克且不太有用的男孩，爬上庭院裡生長的豌豆藤，從食人巨人的房子裡偷出會生出黃金的各種寶物。故事的最後被巨人發現並追殺時，就砍斷豌豆藤把巨人摔死了。

這篇故事也一樣，即使對方是食人巨人，傑克的所作所為仍是犯罪。因此這個話題在英國也遭受不少詬病。現今則添加了一些補充說明似的設定，說這個食人巨人其實在從前殺死了傑克的父親，奪走他的財產，因此傑克才為父報仇，取回父親的寶物。

四隻被世人拋棄的動物們雖然志向遠大，結果卻還是向現實妥協。只要得到金錢，音樂好像也不是必要的。牠們終究沒有去成布萊梅，也組不成樂隊了。

# 31

# 〈大野狼與七隻小羊〉故事情節展現了當時人民的殘酷興趣

連續劇的片尾處，通常都會打上一行標語，大致上都是「本節目劇情改編自真實故事」等內容。而這一篇看似很有童話風格的〈大野狼與七隻小羊〉，其實就是這類的作品。如果將故事中的登場角色直接代入當時的人民，那麼所呈現的內容就很難稱為童話了。

從前某個村子裡，有位母親扶養七個年幼的孩子。某天，母親必須出門到城裡工作，於是她把孩子們叫來面前，吩咐道：

「媽媽不在家的時候，不可以讓任何人進家門哦。尤其是那一家的叔叔，好像有不太好的傳聞，要特別小心。」

而該名男子從窗戶看見母親離家，直到看不見她離去的身影之後，便來到七個孩子的家門前。一開始孩子們對他登門入室的企圖，還能很謹慎地應對，但終究不敵大人的精明，便傻傻地上當替他開門了。

沒想到上門的是個醉酒且雙眼赤紅的男人。孩子們嚇得在屋內四處逃竄躲藏，卻被男人一一揪了出來。男人只要一找到小孩，就會對男孩拳打腳踢，剝女孩的衣服施暴，最後殺了所有的孩子。

而最小的兒子躲在老式大笨鐘裡，渾身顫抖地目睹著一切災難發生。男人可能喝得太醉，因此老時鐘的蓋子一關，他便完全沒發現到小男孩，把其餘六個孩子的屍體扔進屋後的河裡，便揚長而去。

在鎮上辦完事的母親趕忙回到家，卻發現家門大開，房子裡到處都是噴濺的血跡，一片慘狀。見母親當場癱倒在地，小兒子立刻跑到她身邊。聽兒子說完來龍去脈之後，母親即刻前往法院。

那位之前就聲名狼籍的男人，因為這件事被定罪，即將在廣場上公開處刑。在處刑的前一晚，廣場上就擠滿了一群想早點佔到好位置的民眾，希望隔天能靠近一點看。處刑的方法，是把男人開膛剖腹，然後塞石頭進去肚子裡。等到終於來到行刑時刻，群眾的情緒高昂，光是破口大罵已經無法滿足，還紛紛朝著被開膛剖腹的男人扔擲石頭。為了閃避四面八方飛來的石子，行刑人執行的手也不穩了，這導致現場群眾的殺氣更加翻騰。

等到終於處刑完畢之後，情緒已經高漲到極點的民眾們一擁而上，拖著男人的屍體上

街遊行。村裡無論老幼都是一副恍惚的神情，有些人唱著歌，又有些人跳著舞，瘋狂地在街上大步前行……

儘管這不過是一篇虛構故事，但在中世紀的歐洲，實際上經常有類似的光景在各地發生。儘管這樣的犯罪或刑罰相當普遍，但群眾們對此所做出來的反應，以現代人的觀點來看就很不尋常了。

童話的內容也是這麼描述的。大野狼肚子裡塞的石頭太沉重，因此掉進河裡死掉了。羊媽媽與小羊們見狀，大喊著：「大野狼死掉了！大野狼死掉了！」還開心地手舞足蹈。

在那個時代，觀看處刑過程是民眾最大的樂趣之一。執行「四裂之刑」時，行刑人要花點功夫做前置作業，然後群眾便會一擁而上，拉扯死囚手腳上所綁的繩子。死囚的手腳一被拉斷，群眾又重聚在一塊兒把他一路拉到街上，直到手腳被拉扯拖行到潰爛不成形為止。

格林童話裡容許殘酷的情景存在，想必也是當時社會風氣以如此殘酷的刑罰為樂吧！

# 32

# 〈少女瑪蓮〉難得一見充滿行動力的女孩背後的祕密

約在一九七〇年代，英國及美國吹起的女性主義風潮，針對格林童話做了諸多批判。抨擊的觀點是：「格林童話裡登場的女主角幾乎都是被動獲得幸福，這樣會灌輸年幼的女孩錯誤觀念，讓她們以為女性應該要被動一點。」

的確，格林童話的主角們在任由命運捉弄之際，總是會有一名無論騎白馬與否的瀟灑王子現身——這一類劇情發展模式似乎較引人注意。

像是〈白雪公主〉、〈睡美人〉等篇章，光是睡覺這種「被動至極」的舉止就能獲得幸福。從女性主義者的觀點來看，簡直就是個「太不合理」的世界。

而且還有許多的場景，就算不是女性主義者的人來看，也會在內心認為「為什麼要乖乖順從不反抗」，為主角感到焦躁。

原因之一應該就是格林兄弟的偏好了。這點當然也可以算是時代背景下的觀念，「女子安靜順從便是美德」是主流想法。同一篇故事也會隨著一次又一次的修訂，逐漸刪減女性角色的對白，讓她們變成無聲乖巧又無趣的女子。

然而，這些故事中有個獨一無二的活潑女子，幾乎可獲選為提高女性地位的指標性人物。她就是少女瑪蓮，是一位強國國王的女兒，有身分地位的公主。

貴族之間的聯姻必須門當戶對，這在中世紀歐洲是常識，但這位公主卻是難得貫徹自己愛情信念的角色。儘管她的對象也是他國王子，但在國王眼中仍配不上女兒。公主卻堅持「不嫁給其他男人」因而惹怒了國王，將她幽禁在太陽照不到的陰暗之塔，對她說：「關妳七年，讓妳在裡面冷靜冷靜。」

然而時間過了七年，公主卻感受不到會被釋放的可能性，因此拿著切麵包的刀子，把塔挖穿了逃走。

公主走出塔所見的光景，是整個王國經歷戰亂的慘狀。於是她身不由己地顛沛流離，來到某國城堡裡的廚房當下女。而這個國家，是她心愛王子所在的國家。

不久之後，王子便要與他父王替他選的醜陋公主結婚。這位新娘深知自己長得醜陋，因此一到這個國家便把自己關在房間裡。後來新娘擔心自己在前往教堂結婚的路上，會被道路兩旁的平民嘲笑，因此要求美麗的女僕瑪蓮代替她扮成新娘進行婚禮。

少女瑪蓮在前往教堂的路上，邊走邊陸續留下隻字片語，讓人之後能發現她就是真正的瑪蓮。即使她從教堂回來，也不把王子給她的黃金首飾交給醜陋公主。正當她差點因此被殺時，還發出很不符合公主教養的尖銳呼救聲。最後她也沒放過能與王子獨處的時刻，坦言自己就是真正的瑪蓮公主……

瑪蓮公主是因為採取了積極的行動，才抓住了自己的幸福。

這篇故事直到第六版才收錄在童話集裡，儘管在格林童話中，還是特別強調了女性的積極主動，是篇風格特殊的故事。而追溯故事的源頭，其實是來自丹麥。包含丹麥在內的北歐諸國與西歐不同，出現過許多充滿自主性、行動力的女性人物。

如果這個故事收錄在更早的版本中，那麼很可能在改版的過程裡被刪刪減減，東改西修，最後說不定又會是一個毫無氣勢的公主了。

## 33

# 〈金鑰匙〉鐵盒子裡究竟裝著什麼呢？

〈金鑰匙〉從初版到第七版為止，自始至終都是收錄在格林童話最後一篇的故事。在一個積雪很深的冬季夜晚，一名貧困的少年在雪地裡撿到了一支金鑰匙。他想著：既然有鑰匙就肯定有鎖。因此繼續深挖雪堆，果不其然挖到了一個生鏽的小鐵盒。少年深信鐵盒裡肯定放著值錢的東西。於是他找到了鐵盒上的小小鑰匙孔，把金鑰匙插了進去，確實是合孔的鑰匙。少年便轉動了鑰匙……

這篇故事的最後一段話如下：

「那麼，我們現在得等待這名少年打開這個鐵盒的鎖了。等他打開之後，我們應該就能知道裡面裝了什麼吧？」

格林兄弟把這篇童話放在書的結尾，究竟要傳達什麼意義呢？

盒子裡面，裝的是無法預知的未來、夢想、希望、可能性嗎？還是人們在長大的過程中，逐漸忘記的純真無邪之心靈？或是裝著「任何人心中的小盒子裡，都藏著幾篇童話故事哦」這樣的訊息？甚至，這只是想要表達格林童話是日耳曼民族的精神遺產？

這個盒子裡究竟裝了什麼，各位讀者怎麼看呢？

# 第5章

# 格林童話的另一層精髓——逐漸升級的殘酷本質

# 34

# 〈年邁老人與他的孫子〉任何地方的老人都會遭到嫌棄?!

格林童話裡經常出現兒童被虐待的情境，但也有老人遭到虐待的篇章。

某家庭裡有一位已經年老糊塗的老爺爺，他的媳婦很討厭他，用餐時總是把他趕到廚房去。有次老人的手抖個不停，把做工粗糙的餐盤摔破了。媳婦為此責罵老人，之後便買了便宜的小木盤給他用。

等一家人用餐時，年幼的小孫子便開始蒐集掉在地上的碎木片。爸爸問他在做什麼，孫子這麼回答：「我在做飼料桶啊。等我長大了，就用這個桶子裝飯菜給爸爸媽媽吃。」

聽了小孩子的話，兒子媳婦就趕忙把老人請回餐桌吃飯……

就像日本也有〈棄姥山〉這樣的故事，在任何時代任何國家，老人似乎都被當成礙事的存在。

# 35

# 〈牧鵝姑娘〉是誰決定假公主的殘忍刑罰？

我們聽過「挖坑給自己跳」這種說法，而格林童話裡也曾有位公主，自己選擇了自己應受的刑罰。不過那其實是一位假扮成公主的黑心侍女，而這位假公主，又偏偏選了「最殘酷的懲罰」。

某國公主即將要嫁給鄰國的王子，於是她帶著一名侍女、一匹會說人話的聰明駿馬，啟程前往鄰國。公主的母親交給她一條沾了三滴血的護身手帕，卻在旅途中掉進河裡了。遺失能夠證明自己高貴血統的信物，公主便失去了對侍女的使喚能力。奸詐狡猾的侍女沒有錯過這個機會，取代並冒充公主與王子結婚了。

另一方面，變成侍女的公主，成為負責牧鵝的人。為了不讓事跡敗露，假公主還逼王子殺死那匹聰明的馬。

馬頭被掛在城門上，儘管已經死去，見到真公主時仍會開口說話。

「公主啊、公主！如果您的母親見到您現在的樣子，她會多麼傷心啊！」

跟公主一起負責牧鵝的小伙子是國王的小兒子，聽見馬稱呼女孩為公主，心裡感覺有異，便去告訴國王這件事情。

國王召來牧鵝姑娘，逼她說出實情。可是牧鵝姑娘表示自己曾立下誓言不告訴別人，拒絕說出真相。於是國王便建議她去對著暖爐自言自語。後來聽完女孩坦言說出的真相，深謀遠慮的國王甚至瞞著王子，自行思考解決辦法。

在與平日相同的晚餐宴席上，國王帶著溫和的笑容，裝做一副毫不知情的樣子對假公主問道：

「公主啊，如果有女僕矇騙自己的主人，妳認為什麼樣的刑罰適合她呢？」

假公主毫不猶豫地回答：

「這麼可惡的人，就要剝光衣服，塞進釘了許多尖銳釘子的木桶裡，用兩匹馬去拉木桶，在街上拖行直到她死為止，這才合適呢。」

隔天，國王的兩匹駿馬便拉著一個木桶出現在街道上。鐵蹄踏地的聲響威武雄壯，隨著牠們的闊步前行久久不曾停歇。

# 36

# 〈名字古怪的小矮人〉對惡劣小矮妖的殘酷場景為何增加了？

要說格林童話的初版是最殘酷的版本，那也不盡然。例如在知名的〈灰姑娘〉一篇中，繼姐們被鳥啄出眼珠子的結局，就是從第二版才加入的。

隨著一次次改版，殘虐場面也一步步升級的故事還有好幾則。似乎是因為威廉認為壞人就是要給予應得的報應，才會不斷增加嚴苛的刑罰。而其中一篇很典型的例子就是〈名字古怪的小矮人〉。

有個磨坊主人不小心對國王說出「我女兒能把麥稈變成黃金」這種大話。國王聞言便把磨坊女兒關在裝滿麥稈的房間裡，但女孩當然是做不到的。正當她為此哭泣時，忽然有個小矮人出現，說只要她交出首飾，就幫她把麥稈變成黃金。這之後，女孩也答應小矮人的條件，把自己生的孩子送給矮人以換取他的幫助。

由於麥稈都能變成黃金，國王便為此娶了女孩為妃。沒多久便生下了孩子。這時小矮人出現了，王妃忍不住懇求他放過孩子。小矮人表示，如果王妃能在三天內猜出自己的名字，就饒過她。第一天、第二天王妃都沒有猜到，到了第三天，從外面狩獵回來的國王告訴她小矮人的名字。王妃喜不自勝，便對小矮人說了他的名字。

「你的名字是龍佩爾施迪爾欽。」

名字被猜中的小矮人大吼著：「肯定是惡魔告訴妳的！」然後憤怒地揚長而去，後來再也沒出現過。

以上是〈名字古怪的小矮人〉在初版時的大概內容，看完之後完全不會有任何殘酷的感覺，不過到了第二版的結局，就全都變了。

「肯定是惡魔告訴妳的！肯定是惡魔告訴妳的！」小矮人吼著，憤怒地跺著右腳卻把地跺穿，反而讓自己陷入土裡直達腰部。這麼一來他更是怒火中燒，雙手抓住左腳，用力把自己的身體扯成兩半。

如果只是延續初版的劇情，這篇故事看起來還不會這麼奇怪。但是這版卻特地加入小矮人撕裂自己身體的橋段，讓人不禁疑惑到底有什麼含意。

然而讀者千萬不可因此誤以為格林童話在故事裡增加殘酷橋段，是基於威廉的個人喜好。這單純只是格林童話出版的年代，這種程度的殘忍是世人可以接受的而已。

## 37

# 〈強盜新郎〉再版之後越來越殘忍的驚悚故事

格林童話裡面有不少把人碎屍萬段的殘酷故事，但其中這篇〈強盜新郎〉就讓人很有現實感。我們先來介紹初版中收錄的情節。

某位公主答應一位王子的求婚。但要前往王子所在的城堡，必須穿過一座巨大的森林。公主心驚膽顫地穿過了森林來到王子的城堡之後，發現王子並不在，同時更有位老婆婆就坐在大門前。

「他們打算殺了妳後再把妳煮來吃掉。」

公主聞言正想逃走，就發現王子與盜賊們帶著一個女人回來。幸好老婆婆同情公主的處境，要她馬上躲到地下室大酒桶的後面。

盜賊們把抓來的女人拖進地下室並殺了她，開始摘下女人身上穿戴的戒指及寶石。而那個女人竟是公主的祖母，公主就在酒桶後方親眼目睹一切。

其中一名盜賊為了取下女人無名指上的戒指，便用斧頭砍下她的手指。手指高高地彈起，最後掉在酒桶後方公主的膝上。

這幕令人戰慄的畫面，若不是篇童話故事的話，肯定連尖叫聲都能聽得一清二楚吧！一切平靜之後，公主想盡辦法脫困，回到自己的城堡裡。

隨後王子來到城堡，質問公主為什麼沒來找他。公主說道：「我做了一個夢。」並將她在地下室看到的一切告訴王子，直到她說女人的無名指被砍下。

「這，就是那根手指！」

公主迅速從口袋裡拿出那根手指，遞到王子面前。

最後王子與盜賊們被一網打盡，且全都被處死。故事發展宛如現代懸疑小說或恐怖電影的情節。

這篇故事自第二版之後，就改成由兩篇故事合而為一，內容也變得更可怕了。公主變成磨坊家的女兒，王子是她的未婚夫。這麼一來主角更接近一般讀者，而被殺的女人也改為另一位年輕女孩。喝醉的強盜們逼迫哭泣的女孩喝酒，害她心臟破裂而死，接著還剝下了女孩的衣服……

總覺得，近來經常聽到這類相似的社會案件吧？

# 38

# 〈杜松樹〉遭繼母砍頭後又被吃掉的男孩復仇記

知道這篇故事的讀者可能不多，所以我們先大致介紹一下。

小男孩與他的父親、後母，還有後母所生的異母妹妹住在一起。後母非常討厭這個男孩，某天看到男孩的頭探進裝蘋果的木箱，便從上方用力闔上木箱蓋子，男孩立刻身首分離，頭顱落入木箱裡。恐慌的後母為了推卸責任，便把男孩的頭跟身體接起來用白布纏好，讓他坐在桌旁。對此一無所知的妹妹，發現自己不管怎麼說話哥哥都不回應，一氣之下打了哥哥的頭一拳。哥哥的頭應聲掉落，讓妹妹以為自己殺死了哥哥而傷心哭泣。母親假意安慰女兒，心裡卻鬆了一口氣，還把兒子的肉煮成濃湯。

等父親回家後，奇怪為何兒子不見蹤影，聽妻子說「他要去親戚家住一陣子」便不疑有他，還津津有味地喝著濃湯。

妹妹為此感到心痛，撿拾了哥哥的遺骨，拿去埋在院子裡的杜松樹下。

於是哥哥轉生成一隻美麗的鳥兒，叫聲清澈悅耳，以歌聲換取了金鍊子、紅鞋子與沉重的石臼。接著牠回到家，以鳥兒的姿態及好聽的歌聲，先吸引父親到屋外，將金鍊子給了他，並如法炮製給了妹妹紅鞋子。可是最後當繼母出來時，他便將石臼扔下，把繼母壓得粉碎。就在這一瞬間，鳥兒就變回原本人類男孩的模樣了。

毫不知情地吃下親人的肉——各位知道嗎？這在日本也有不少類似的故事。例如〈喀擦喀擦山〉，老爺爺遭到狸貓的朦騙，吃了用老婆婆的肉熬煮的「婆婆湯」。

無論是〈杜松樹〉或是〈喀擦喀擦山〉裡面吃人肉的情況，都與〈白雪公主〉裡的王妃吃人肉不同，吃的人都是在不知情的狀況下被騙吃下人肉。

據說中國在戰亂時期也曾發生這樣的事。食物來源越來越短缺，店裡面什麼吃的都沒有，但卻有店家總是會販售肉乾。其實那是他們綁架並殺害兒童，將小孩的肉曬乾販售。

在山上、海上遇難，或是身處戰亂之中，被逼到走投無路的時候，為了活下去就不得不主動選擇吃下人肉。但這篇故事也不同於這樣的情形。以吃下人肉的人之立場來看，之後一旦獲悉真相，肯定會是極大的打擊。所以這真的是一篇令人不適作嘔的故事啊！

## 39

# 荒誕的〈考伯斯先生〉——毫無意義的殘忍私刑致死

格林童話裡有好幾篇故事，都只有殘酷的內容，卻不知道到底想要表達什麼。這些莫名其妙的故事，反而讓格林童話更充滿謎團。

這些不合常理的故事中，有一篇相當有趣的〈考伯斯先生〉。

從前，公雞與母雞開車出遊。路上出現了一隻貓問他們：「你們要去哪裡？」公雞答：「去考伯斯先生的家。」貓表示想一起去，便上車同行。隨後，石臼、雞蛋、鴨子、別針、縫針也陸續上了車，大家一起前往考伯斯先生家。然而當他們抵達時，考伯斯先生外出了。於是公雞與母雞跳到梁上，貓躲進暖爐裡，別針藏進椅墊下……各自躲好之後，等待考伯斯先生回家。

考伯斯先生一回家，想先點起暖爐，這時貓跳出來灑了他一身煤灰。考伯斯先生想要洗臉，躲在水桶裡的鴨子卻朝他潑水。考伯斯先生想拿手帕擦臉，雞蛋卻破了沾滿他的眼睛。考伯斯先生想坐下來冷靜一下，卻被別針刺傷，他為此感到鬱悶決定上床睡覺，再度被躲在枕頭裡的縫針刺傷。考伯斯先生憤怒地想離開家到外面去，來到門口卻被落下的石臼砸死了。

話說回來，他們到底為何要去考伯斯先生家？這一夥不只有動物，連石臼、針等物品都有，一群夥伴合力對付一人的故事，與日本的〈猿蟹大戰〉極為相似。但是〈猿蟹大戰〉是為了懲罰壞猴子，有正當理由才這麼做。而在〈考伯斯先生〉裡卻完全沒有交代他們這麼做的理由。

再者，被殺害的考伯斯先生又是什麼人呢？

根據某位學者的分析，考伯斯先生其實就是那隻公雞，母雞則是他的妻子。而其他登場的角色也都展現了女性的特徵。換句話說，〈考伯斯先生〉就是「女性預謀施暴」之下被犧牲的男性。說得更簡單一些，就是一篇丈夫遭到妻子虐殺的故事。但事實真是如此嗎？

對這篇故事的質疑不曾間斷過，威廉似乎也覺得考伯斯先生沒理由就被殺害實在是太不自然，因此第三版之後，便在結尾加了一句話：「考伯斯先生肯定是個很壞的人。」

# 40

# 〈母雞之死〉、〈老鼠、小鳥和香腸〉一位死了、兩位死了，最後大家都消失了?!

介紹一下〈母雞之死〉這篇故事。

公雞與母雞過著幸福快樂的日子。有一天，母雞因喝牛奶嗆到無法呼吸而命在旦夕。公雞慌忙要去水泉旁取水，水泉說：「你先把新娘子的紅布拿來。」於是公雞又匆忙去找新娘子，新娘便說：「拿掛在柳樹上的花冠來換。」於是公雞去拿柳樹上的花冠，換取了新娘的紅布，再拿到水泉旁，總算取到水了。

可是，母雞早就死了。公雞非常傷心，借用了老鼠所拉的台車，要前往墓園埋葬母雞。一路上森林裡的動物也都搭上了車。一行動物來到小河前，麥稈表示要當橋，老鼠們便從橋上走過去。可是麥稈卻折斷後落河，導致老鼠們都淹死。接著木炭自願要當橋，但一碰到水它身上的火就熄滅而死。最後石頭要當橋，讓公雞拉著台車走到對岸，可是台車太重反而倒退滑，車上的其他動物們全都落水溺死。

最後就只剩下公雞以及母雞的遺體孤伶伶地留下來。公雞把母雞埋在墓園之後，終日以淚洗面，最後也死了。

「於是，所有人都死了」這篇故事就以這句話結束了。

格林童話裡還有另一篇類似的故事。

在〈老鼠、小鳥和香腸〉一篇中，和睦地住在一起的小老鼠、小鳥、香腸，因為互相交換了工作，最後都死了。

或許大家都會認為讓小朋友聽這樣的童話，未免太過悲慘了。但與此相似的故事並不只在格林童話裡才有，而是遍及全世界。像是日本也有〈放個屁滅全村〉的故事，這則民間故事裡的新娘只是放個屁，卻導致全村陸續跳湖而死。

此外，只要是日本人應該都有印象，小時候總會亂改女兒節之歌的歌詞，把「今天是開心的女兒節」唱成「今天是傷心的葬禮」。而且更改歌詞之後，敘述了女兒節擺飾娃娃從最上層的天皇皇后到五人樂隊最後都死了。

從這些內容來看，可知孩子們其實還滿喜歡這一類的黑色幽默。當然大人們讀來同樣覺得有趣。話說回來，在內容充滿許多殘酷描述的格林童話裡，也只有這兩篇是打從一開始便不覺得有什麼害處的故事了。

# 41

# 〈騙來的硬幣〉有少年幽靈出沒的鬼故事

接下來要介紹的這一篇雖然收錄在格林童話裡，但與其說是童話，更像一則怪談。

某家人與客人一起共進午餐，到了十二點，家門忽然打開，只見一名穿著白衣服，臉色蒼白的男孩走了進來，靜靜地走進隔壁的房間，後來又離開了。第二天、第三天也發生同樣的情況，客人覺得很奇怪，於是詢問這一家的男主人。爸爸卻回說他不認識這樣的小孩，客人才發現一家人都看不見這個男孩。再隔天，客人偷偷從房外窺視男孩進房做什麼，只見他在挖掘地板的縫隙。客人告訴這家人他看見的情況，女主人便說：

「天啊！那是我四星期前死去的兒子啊！」

他們掀開地板，發現了兩枚硬幣。原來那男孩偷偷留下要救濟窮人的錢，想要買小餅乾來吃。後來家人把這兩枚硬幣拿去救濟窮人之後，孩子心願已了，再也沒有出現了。

話說回來，西洋的幽靈原來會在大中午出現啊？

# 42

# 〈會唱歌的骨頭〉被兄長殺害的恨意即使變成骨骸也忘不掉？

就一般童話的模式而言，只要有三兄弟登場，腦袋較為耿直的小兒子往往都能在最後逆轉局勢，反敗為勝。但也是曾出現明明小兒子是主角，下場卻很悽慘的故事，以下就來做個介紹。

有隻野豬在全國撒野肆虐，國王便發出公告表示「只要有人能殺死野豬，就能娶公主為妻」。有三兄弟住在這個國家，聽到消息立刻出發去對付野豬。小兒子在森林裡碰見一個小矮人，得到一把黑色長槍，藉此輕而易舉地殺死了野豬。當他扛著野豬打算回去時，卻遇見自己的兩位兄長，並在橋上遭到兩位兄長殺害後掩埋。而長男搶了他的功勞，最後與公主結婚。

過了幾年，一個牧羊人經過那座橋，發現一塊小骨頭，就拿來做成角笛。結果這支角笛竟然開始唱歌，把哥哥殺死自己，搶了自己功勞的事都唱出來。牧羊人吃驚地將這支角笛送到國王面前，最後大哥被拋進河裡淹死，小兒子的骨頭被挖出來埋進教會的墓園。

結局儘管小兒子大仇得報，卻沒有復活，只能長眠於墓園。

此外，西歐還有不少「復仇型」的童話，都是被殺害的人們，骨頭被做成樂器，或是掩埋的地方長出植物，藉此揭發殺害自己的兇手所犯下的惡行。這麼說來，日本也有一則類似的民間故事，名為〈唱歌的骸骨〉。

兩名男子出遠門去賺錢，其中一名工作認真，另一名則迷上賭博。三年後回鄉的途中，認真男被賭博男所殺，還搶走了他所有錢財。

幾年之後，賭博男又要離家賺錢，經過同一處山隘時，被殺的男人骸骨對他說：「我會唱歌，我們可以一起賺大錢！」賭博男接受了這個好主意，來到某城堡外的市區，藉此發了一筆橫財。後來會唱歌的骸骨一事傳進城主耳裡，兩人便被召見入城。可是一旦來到城主面前，骸骨就只是一副普通骸骨，別說唱歌了，連動都不動一下。城主為此勃然大怒，命人砍了賭博男的頭。

日本民間故事中的〈唱歌的骸骨〉有兩種情節。其中一種就如上一段所述，是對殺害自己的人展開復仇的「復仇型」。西歐流傳的民間故事，大致也是以此為主。另一種則是有人好心幫曝屍荒野的自己收屍埋葬，因此骸骨便向其報恩的「報恩型」故事。

但是在「復仇型」的故事裡，儘管大仇得報，卻總覺得有一些心有不甘與遺憾。

# 第6章

# 格林童話中所描述的強烈手足之愛及偏激思想

# 43

# 格林兄妹六人之間的強烈之愛是怎麼培養出來的？

《格林童話》全集共兩百篇童話與十篇兒童向的聖賢故事。除了聖賢故事之外的兩百篇童話故事裡，有各式各樣的角色登場，以兄弟為題材的作品自然也不少。光是快速看一下篇名，就有〈兄與妹〉、〈兩兄弟〉、〈十二兄弟〉、〈三兄弟〉、〈有本領的四兄弟〉等，而有許多都是能從中窺得格林兄妹之間強烈羈絆的作品。一輩子生活在同一屋簷下，使得眾人皆知雅各與威廉之間的兄弟情有多深厚。但兩人對弟妹們展現的愛護同樣比一般手足還要強烈。而且弟妹們也給予雅各與威廉極深的信賴，無論大小事都仰仗著兩位兄長。

而這些實際生活帶來的影響若呈現在童話中，那便是以兄弟為主角的多篇作品了。

據說雅各及威廉即使在現實生活中，也很樂意以格林兄弟之名向別人自我介紹。而在〈藍鬍子〉一篇裡，拯救出嫁妹妹一命的就是三個哥哥。當妹妹在窗邊拼命呼救時，儘管聽不到她的聲音，住在森林裡的哥哥們還是有了心電感應。他們急如星火地趕到城堡，殺了藍鬍子後，兄妹便在城堡裡住下來，過著幸福快樂的日子。用一般人的角度來看，他們應該會陸續「擁有各自的家庭，過著幸福快樂的日子」，但在這篇故事裡，兄妹們過著幸福日子就是好的結局了。

在這種手足之情色彩過濃的作品裡，背後所隱藏並投射出來的，應該是現實生活中的嚴苛處境。一七九六年，他們的父親菲利普・威廉・格林才四十五歲就病死了。當時長男雅各才十一歲、威廉十歲、卡爾九歲、費迪南八歲、路德維希六歲、夏綠蒂三歲。父親死後十二年，他們又失去了母親多蘿西婭。年紀輕輕就痛失怙恃的兄妹六人，除了彼此扶持生存下去之外別無它法。尤其是已經上了大學的雅各及威廉，在父母雙亡之後，就必須要肩負起照顧弟弟妹妹之責。對於兩人，尤其是終身未婚的雅各而言，弟弟妹妹們肯定就像自己的小孩一樣。那麼接下來，就為各位介紹那些手足之情與羈絆特別濃厚的作品。

《格林童話》再版時的扉頁
（路德維希・格林　繪）

# 44

# 〈十二兄弟〉為了哥哥們而賭上性命的妹妹之愛

和〈藍鬍子〉一樣，這篇故事同樣收錄在格林童話裡，但對戀妹情結的格林兄弟而言同樣很難回應，我們先來大致做個介紹。

國王與王妃有了十二個兒子之後，總算生了女兒。國王原本打算如果生下的孩子是女兒，就要把十二個王子都殺死。但深愛孩子們的王妃偷偷讓兒子們逃到山裡。誕生下來的公主漸漸長大，某天得知自己有哥哥，於是前往山裡尋找他們。哥哥們與妹妹重逢之後非常高興，兄妹們便住在一起了。

有一天，妹妹在山上看見十二朵美麗的白百合，忍不住摘下它們，卻害得哥哥們因此受到詛咒，全都變成烏鴉後飛走了。傷心不已的妹妹碰見一位老婆婆，還告訴她解開詛咒的方法，那就是整整十二年不說話。

妹妹發誓要遵守這個承諾，便在森林裡繼續過日子。可是有一天，卻被一位來森林狩獵的國王看上，就嫁給他為妻。儘管公主不能開口，但和國王的感情仍然很好。可是國王的母親卻說公主的壞話，讓無法為自己辯白的公主被判處死刑。死刑開始執行，而火焰即將燒到公主衣襬時，十二年的時間剛好到期。這時飛來十二隻烏鴉，一落地就化身十二名翩翩王子，將妹妹從火舌之下救出來。終於能夠開口的公主便將來龍去脈告訴國王，國王隨之處死了他的母親，大家從此過著幸福快樂的日子……

格林童話裡還有其他非常相似的故事。例如在初版中的〈三隻烏鴉〉，自第二版之後就改寫成〈七隻烏鴉〉。通常格林童話裡只要是類似的故事就會刪除、整合或淘汰，因此把如此相似的故事保留下來是很少見的情況。這會不會是格林兄弟對離家甚遠的心愛妹妹所展現的難捨思念呢？

不過也有一派意見認為，這樣的故事可能與格林兄弟的故鄉黑森地區的「幼子繼承制」有關。當時黑森地區的男子幾乎都會被徵召入伍，而這些兒子們加入軍隊後就能獲得糧餉，因此父親較傾向於把財產留給女兒。畢竟他們認為只要讓女兒繼承財產，未來自己的權力還是能繼續鞏固著。但對於獲得財產的女兒們來說，這個制度反而很令她們困擾，或許她們的真心話就是不想待在這個因徵兵而沒剩多少男人，連結婚都很困難的地方吧！

# 45

# 〈兄與妹〉格林兄弟喜愛的「妹妹為哥哥奉獻」的故事

曾經分崩離析的家人們，因為對彼此的愛而重聚復合，格林兄弟對這樣的故事似乎情有獨鍾。兩人樂於收集這類故事，並收錄在故事集裡，再按照自己的期待去加寫內容。

展現出上述現象的，就有〈兄與妹〉、〈十二兄弟〉、〈七隻烏鴉〉等作品。他們或許是將父母早逝後兄妹六人相互扶持的自己，投射在作品裡面；也或許只是想要傳達「家人就應該如此」的信念。

〈兄與妹〉也包含在寄給布倫塔諾的草稿裡，當時還是一篇從《五日談（Pentamerone）》翻譯而來的故事。

不過在一八一二年的初版中，兩人收集了口耳相傳的各種類似故事，並將它們整合在一起，再加入新的元素之後撰寫刊登。而且格林兄弟肯定相當喜愛這篇故事。

〈兄與妹〉的內容大意如下：

一對遭到後母虐待的兄妹，離家出走後在森林裡徘徊。哥哥感到口渴，便帶著妹妹去找尋泉水。然而喝了泉水的哥哥，卻變成了一頭被詛咒的鹿。其實他們的後母是魔女，偷偷跟在他們身後，在泉水裡下了魔咒。儘管妹妹為此相當傷心，但還是一邊照顧著變成鹿的哥哥，在森林裡過著友愛且平靜的生活。

過了漫長的一段時光之後，一位國王湊巧經過森林，見到妹妹的美貌驚為天人，便帶著她與鹿回自己的城堡。後來妹妹成為王妃並生下孩子，帶著鹿在城堡裡過著幸福的婚姻生活。

聽到這個消息的魔女於是帶著自己的醜女兒前往，欺騙並殺死王妃。但王妃即使死後也回來照顧自己的孩子和鹿，這股精神讓她戰勝了魔法獲得重生，就連哥哥也恢復成原來的模樣。

格林兄弟在這篇故事裡所強調、詮釋的重點如下：後母的虐待、兄妹在森林裡平靜舒適地生活、憎恨妹妹幸福的後母及其女兒的惡意、妹妹即使被殺害也掛心孩子及兄長的那份奉獻精神、以哥哥恢復原狀來做為大家幸福快樂的結局。

王妃身為妹妹與母親的角色，格林兄弟認為她的犧牲奉獻是構築一個理想家庭所不可或缺的元素。此外，這篇故事最後壞人都遭到殘酷的懲罰，魔女被施以火刑，她女兒則被

扔進森林裡遭到野獸們吞食。格林兄弟似乎認為，只要犯了罪的人，就一定要徹底地懲戒才能大快人心。

不過遭到後母殺害的王妃，每天晚上都以幽魂的樣子出現幫孩子餵母乳，還拍撫鹿的背脊之後才離開。這樣的故事各位會不會覺得耳熟呢？沒錯，日本的民間故事〈育兒幽靈〉與這個部分就非常相似。母親愛護孩子的心意，果然是不分國界啊！

# 46

# 〈鐵漢斯〉導向納粹主義的危險故事

〈鐵漢斯〉的故事敘述年輕王子策馬在戰場上展現英姿的故事，是格林童話中最充滿中世紀風格的一篇。

初版裡並沒有這篇故事，是後半階段修訂時才收錄，在日本同樣歸類為兒童向的格林童話裡，也是篇常見的故事。不過針對提到格林童話，只曉得〈白雪公主〉、〈灰姑娘〉、〈糖果屋〉等幾篇的讀者而言，這篇故事的發展可能非常戲劇化，接下來就簡短介紹一下這個長篇故事。

在某個國家的森林裡，發生多起人類失蹤案件。犯人是躲在沼澤底部，一身如金屬生鏽般紅銅色皮膚的山男。後來關押這個山男的鐵籠，卻被這個國家最小的王子打開了。於是山男帶走王子，兩人一起住在森林裡。

某天，王子違背了山男的吩咐，因此被趕到外面的世界去。但就在王子臨去之際，山男對他說：「如果你遇到什麼事就來森林大喊一聲『鐵漢斯』，這樣我就會去救你。」而這個山男的真實身分，就是一位被施了魔法的偉大國王。

王子流浪到了一個國家，在那座城堡裡當見習園藝師。王子慢慢長大，越來越英俊挺拔，後來城裡的公主也見到他了，但當時這個國家剛好發生戰爭。因此王子前往森林，拜託鐵漢斯給他軍隊，然後隱瞞身分帶兵去戰場上大顯身手。目睹一切的該國國王，為了知道這名騎士的身分，便宣布要在城堡裡開宴會，並指示公主要在宴會上拋金蘋果。

聽說了這件事之後，王子便拜託鐵漢斯讓他再變身成威風的騎士，也在順利拿到蘋果後迅速離去。連續三次這麼做之後，公主這才發現騎士就是之前的實習園丁。於是王子帶著三顆金蘋果來到國王面前，坦白說出自己的身分，並向公主求婚。

就在王子與公主舉行婚禮那天，音樂忽然停下，只見一個高貴的國王帶著大批隨從走進來，擁抱了王子一下。這位國王就是鐵漢斯。

「多虧有你，我的魔法才能解除。我決定把所有的財寶都送給你！」

國王這麼對王子說。

根據某位學者所說，這篇跌宕起伏的英雄傳奇〈鐵漢斯〉，故事中的每個環節都充滿了「勇氣」這個美德。

王子為了拯救國家而志願從軍，就算有鐵漢斯的幫助，他也毫不猶豫地果斷奔赴戰場，並漂亮地打了勝仗。無庸置疑，他就是個充滿勇氣的年輕人。在格林童話中，沒有第二個能像他一樣活躍於戰場上守護整個國家的主角。

然而這份名為勇氣的美德，卻也被指謫是在讚揚德國的軍國主義。據說是因為〈鐵漢斯〉在意識形態上傳達出「戰爭是道義精神的表現」，以及「戰鬥是與生俱來的本能」等觀念。

可能有人會覺得童話故事何必上升到這個層次，但實際上，負責指導希特勒青少年運動的席拉赫（Baldur Benedikt von Schirach），就曾編纂兒童納粹文學讀物《年輕的民族》一書，是一本童話書籍，內容只強調了格林童話中的一部分特質，例如將鬥爭理想化、讚揚國家與王權、歌頌不畏後果的勇氣及神祕主義等。

格林童話被拿來當成政治運作的工具，乍聽之下的確令人驚訝，但說起來日本也曾把〈浦島太郎〉收進教科書裡。現代的讀者應該會很慶幸，不必再以如此令人作嘔的角度來閱讀〈鐵漢斯〉這篇故事了。

## 47

# 〈叢林中的猶太人〉反映在童話中的可怕種族歧視

格林童話的作者為了能更適合兒童閱讀，歷經多次修訂。但在身為日本人的筆者看來，還是有令人心驚膽顫的故事。

〈叢林中的猶太人〉這篇故事，從篇名就能看得出來，赤裸裸地描寫出對猶太人的種族歧視。

一名男子在旅途中幫助了一個小矮人，獲得對方三樣謝禮，分別是絕對命中目標的吹箭、演奏時任何人都會為之起舞的小提琴，以及無論拜託誰做什麼事都不會被拒絕的力量。

不久後男子碰見了一個年邁的猶太人。這個猶太人明明什麼都沒做，卻因為男人的小提琴聲而在薔薇叢裡跳舞跳到渾身是血。猶太人大喊著要他住手，男人卻說「誰叫你讓大家吃足了苦頭，我必須這麼對你」，說著又繼續演奏別首曲子。

猶太人受不了，終於說道：「快住手，我給你錢！」因為他身邊剛好有從基督教徒身上騙來的錢。男人覺得既然如此就放過他，便拿走他的錢包，停止了拉小提琴。

然而欺負猶太人的情況還沒結束。

被男人欺凌傷害之後，猶太人去向法官告狀，因此男人迅速被捕，宣判要處以絞刑。可是男人提出要求，希望在臨死前能再拉一次小提琴。等他拉了小提琴，無論是猶太人、法官以及行刑的官員都跳起舞來。當大家紛紛求饒要他住手時，男人要法官答應饒自己一命，而且不用歸還從猶太人身上取得的錢財。接著又威脅猶太人說：「惡徒！你坦白說出你的錢從哪裡來，否則我是不會停下拉琴的。」最後讓猶太人成為盜取金錢的惡劣犯人，取代自己被判處死刑。

可是不管怎麼想，這個男人只是在霸凌猶太人而已吧！就算猶太人的錢是從基督徒身上取得，最壞的還是這個男人。

自第三版之後，猶太人從基督教徒身上騙取金錢的描述也已經刪除。但這麼一來，只會更突顯出男人的冷酷無情。

至於這個猶太人與基督徒之間的借貸關係，也暗示了猶太教徒藉借貸的利息賺錢，與基督徒認為透過借款收利息賺錢是罪惡，雙方價值觀的衝突。

這篇故事讓人覺得充滿歧視，也很直接呈現日耳曼民族的排外主義，然而卻有研究學者的觀點認為：「格林童話編纂的時代，還不存在宗教或政治上的『反猶太主義』，因此這篇故事只是直接地反映現實生活中德國人『厭惡猶太人』的態度而已。」看來與其說成嚴重的種族歧視問題，這故事似乎只是呈現了德國人普遍感受的日常情緒而已。

只是也有人認為：「就是這種『厭惡猶太人』的態度，被拿來替背後的政治目的背書，從而發展成納粹中的反猶太主義。」

從這點來看，比起殘忍虐待的描述，格林童話是更可怕的存在。

## 48

# 〈任性的孩子〉到死都被鞭笞的悲慘孩子

一般認為，格林童話真實地反映了十八、九世紀時普遍存在的幼兒虐待情況。孩子們遭到包含父母在內的成人冷酷地對待，全書除了〈白雪公主〉、〈糖果屋〉、〈灰姑娘〉等知名的故事之外，更有其他提及的篇章。

例如一篇非常短的故事〈任性的孩子〉。

從前有個很任性的孩子，從來都不聽媽媽的話，因此神明讓這孩子生病而死。孩子被埋進墳裡，眾人正往他身上蓋土時，孩子的一隻手忽然從土裡伸了出來。

人們趕忙用力想把那隻手按回土裡，再繼續蓋土。但孩子的手一再地伸出土壤數次，於是孩子的母親來到墓地，用鞭子抽打孩子的手，孩子這才把手縮回去，從此在土地下長眠。

這裡不妨來想像一下，抽打從土壤裡伸出來，且應該已經死透僵冷的孩子之手……這情景怎麼想都令人不舒服，而且也給人某種志怪小說的感覺。可是一路讀來，與其覺得恐怖，反而更覺得是種幽默。被媽媽鞭打的那隻手，彷彿在說「對不起」似的，讓人不禁失笑。

而從這個故事可以看出來，當年對幼兒的體罰似乎是家常便飯。母親對小孩子揮舞鞭子，在那個時代相當普遍。只是就連死了都要被鞭打，這小孩未免也太可憐了。

此外，這篇故事直到第七版都還保留著，可見它也展現了格林兄弟嚴格的教育觀，警告不聽爸媽話的孩子會有死亡懲罰。

因此這篇故事無論是以歷史觀點探討社會背景，或是當作寓言教誨，還是黑色幽默來看待，從不同的三個觀點來閱讀都很不錯。

# 49

# 〈不孝的兒子〉不珍惜父母的孩子會有此遭遇?!

從前有一對夫妻正打算烤雞來吃，這時見到年老的父親走來，男人趕忙把雞藏起來。等父親回去之後，男人拿出烤雞準備要吃，沒想到雞居然變成一隻癩蝦蟆，跳起來貼在男人臉上。

後來，這個不孝的男人每天都得餵食這隻癩蝦蟆，如果沒餵，癩蝦蟆就會咬下男人臉上的肉來吃。

從此之後，這個男人便永無寧日了。

格林兄弟試圖讓自己所編纂的童話集，能夠成為適合孩子們閱讀的教育書籍。因此格林童話中的許多情節裡，都充斥著對孩子們的教誨。

最耐人尋味的是，格林兄弟隨著每版的修訂，也會逐步刪除被評為太殘酷的內容。然而只要是不聽父母親話的孩子，其所面臨的懲罰，無論多麼殘酷，都會一直保留到第七版。

就像前篇所介紹的〈任性的孩子〉一樣，這篇〈不孝的兒子〉直到第七版都完整地保留下來了。

# 第7章

# 格林童話的故事舞台——中世紀歐洲

# 50

# 初版格林童話是什麼時代出版的？

在格林兄弟所處的時代，德國還是個由好幾個小國家共存的集合體。東法蘭克（德意志）王國在十世紀初加洛林王朝結束後，變由諸侯共同選出國王。當時薩克森家的鄂圖一世為了復興羅馬帝國，擊退從東方入侵的馬扎爾人，出兵北義大利協助羅馬教皇，並獲得教皇加冕為神聖羅馬皇帝。

歐洲中央雖然誕生了一個大帝國，但歷代皇帝都朝著舊羅馬帝國的中心地帶義大利去擴張勢力，而忽略德國本土，造成國內各自為政的情況。因此德國本土變成大小諸侯的集合體，宗教紛爭更引起一六一八年之後近三十年的戰爭。直到一六四八年簽訂西發里亞和約，才終結了長達三十年的戰爭。但神聖羅馬帝國則分裂，長年的戰亂也為德國本土帶來極大的衝擊，社會經濟都一蹶不振。

三百個以上的國家並立的狀態，一直持續到格林兄弟的時代。僅次於奧地利的強國普魯士雖然也誕生了，但國內的內戰卻層出不窮。一七八九年的法國革命催生了獨裁者拿破崙，一七九三年距離格林兄弟誕生地不遠的美因茲也被法國革命軍佔領了。

兄弟滿二十歲的一八〇六年，普魯士軍在耶拿戰役中敗給拿破崙軍，德意志各諸侯國因此受到拿破崙統治，德意志全境自此陷入遭拿破崙軍佔領的屈辱處境。格林兄弟就讀過的高等中學的所在地黑森國首都卡塞爾，也在耶拿一役敗戰之後遭到法軍佔領，並在一八〇七年由拿破崙的弟弟傑羅姆出任國王。

然而，德國在戰敗的沉重打擊下，一九〇六年卻也是值得紀念的一年，被譽為德國文學史上的兩大名作在這一年誕生。歌德完成《浮士德》第一部，格林兄弟則開始收集童話故事。只是現實是殘酷的，大學畢業的雅各雖然獲得黑森陸軍省的實習書記一職，但自從卡塞爾地方遭法軍佔領，傑羅姆．拿破崙當上國王之後，法文就成為官方語言。而且傑羅姆還奉拿破崙的命令壓榨並苛待德意志人民。

一八一二年十二月，拿破崙在莫斯科戰敗退軍巴黎，但情況沒什麼改變。以普魯士為主力的聯軍在德意志東部與拿破崙作戰，戰況持續膠著。直到一八一三年十月，拿破崙在萊比錫之役遭聯軍擊敗，才從德意志撤軍，也結束了他們七年來被法國佔領的日子。而這場勝利也為德意志人民喚回了民族自尊。

證據就是雅各在初版童話的序文中，寫上的日期是一八一二年十月十八日，更備註了「正好是萊比錫之役的一年前」。萊比錫之役是德軍與聯軍對上拿破崙後，最具決定性的一場勝仗，而在此一年之前，其實德國都還在拿破崙的統治之下。雅各或許是想藉著發行民間傳說與童話的機會，再次強調他們經歷的那一段苦難時期吧！

自德國陷入戰敗深淵起，亦即圖振復興的十八世紀後半至十九世紀前半，是德國文化的顛峰時期。在文學上有歌德、席勒，哲學方面有康德、費希特，音樂方面則有莫札特、貝多芬、海頓等，對後世產生極大影響的巨匠紛紛現世。

在這個鼎盛期之前，大多數德國知識份子都認為「德國文化發展比其他西歐各國還要緩慢」，也為此感到自卑。而敗戰更是助長了這份情感。愛國的有志之士們認為「就是因為分裂成多個小國各自為政，才會淪落到這種境地」，打算發奮圖強。文化層面的興盛集中在這段時期，也可以說是民族意識、愛國心的展露。

一八四九年十一月，已經是雅各刊行初版童話後的三十餘年，他在柏林學士院演講時提到民間故事及民謠，說道：「在德國陷入悲劇、無力深淵的時代，我們對學問、語言、文學所抱持的強烈情感，正是給予國民力量，使民族免於滅亡的救贖。」

將早於格林童話之前的作品與格林兄弟的童話集來做比較，會發現兩者有諸多共通點。

萊比錫之役勝利紀念碑

但是格林兄弟的作品能在後世仍受到大眾喜愛，是因為古典文學及語言學識豐富的格林兄弟，抱持著對鄉土與民族的摯愛，也就是那股持續書寫的熱情打動讀者的心吧！

# 51

# 格林童話是殘酷拷問的資料庫　但現實比童話還要殘酷

「把罪人的衣服剝下來，整個人塞進內側釘滿釘子的大酒桶裡，再從斜坡上推下酒桶。」

「殺了白雪公主，把她的肺臟與肝臟帶回來。我要用鹽水煮了吃掉。」

格林童話可說是殘酷拷問的寶庫。但說實話，這些刑罰都過度奇異，因此與其說是受到震撼，不如說因為太天馬行空了，反而讓人沒什麼現實感。

但令人想不到的是，事實往往比童話更加殘酷。比起這本童話書裡的「刑罰」，中世紀歐洲實際執行的「刑罰」要更為慘無人道。

首先，最具代表性的就是火刑。這種刑罰多施加在異端人士身上，會先在罪人腳底塗上豬油，把人綁在十字架上，從腳底慢慢點火燃燒，最後讓火焰包圍全身把人活活燒死。這刑罰的熱度更不是一般火焰燃燒的溫度。身為「奧爾良少女」，為了祖國法國果敢而戰的聖女貞德，最後也被英國軍逮捕，在宗教審判下遭到處刑。在戰場上不讓鬚眉，總是一馬當先果敢作戰的貞德，據說在遭受火刑時，也不由自主地慘叫到死。

此外，與火刑一樣常見的還有「四裂之刑」。將囚犯的四肢分別綁在四匹馬身上，接著用力鞭打馬匹，讓手腳從身上硬生生被扯斷，符合名稱字面上的意思。萬一關節脫臼但手腳還是拉不下來，執行官吏便會砍下關節或肌腱。

其他還有許多難以計數的刑罰，例如把鐵頭盔戴在頭上，從外頭把螺絲釘往頭顱內旋轉直到轉碎頭蓋骨的「頭蓋骨粉碎器」；「鍋罩」是把鍋子蓋在罪犯的肚皮上加熱，這麼一來鍋子內的溝鼠就會因為過熱而瘋狂啃咬罪犯的肚子，甚至鑽進內臟裡；「睡眠剝奪」是逼迫罪犯不眠不休在狹小的牢中來回走動；「拷問椅」是讓罪犯長時間坐在無數釘子朝上的鐵釘座椅上。

而除了「刑罰」之外，有時是掌權者心血來潮而進行的殘酷對待。十六世紀的匈牙利有一位名叫伊莉莎白·巴托里的伯爵夫人，每天都要從年輕女性身上榨取鮮血，以這些血液泡澡享樂。因為她深信年輕女性的血液能美白並讓肌膚年輕。於是她常以「伯爵夫人的侍女」這種充滿魅力的職務來做為誘餌，命人去周邊的村莊帶回年輕女孩，有時甚至不惜綁架也要收集到大量鮮血。伊莉莎白到處挑剔柔弱女孩的小錯處，還準備了很多道具榨取鮮血，其中她最滿意的工具就是「鐵處女」。那是個跟人類一樣大小的人形外殼，命人站進去之後就會有無數根針刺進殼內，刺在女孩的身上。當把外殼從女孩身上卸下時，女孩身體裡的血液也會被榨取到半滴不剩了。而這原本是懲罰性犯罪者所用的工具。

此外，時代再往回推到十五世紀的瓦拉幾亞公國（位於現代的羅馬尼亞），各位知道吸血鬼德古拉是真實存在過的嗎？他原本是一國的君主，是個普通人類，由於家臣叛變殺死了他的父兄，才會化身為終極的復仇之鬼。他邀請了數千人來城堡作客，將所有門都關上，把賓客們刺成一串或是切碎他們。把嬰兒的頭砍下來，讓鮮血流進母親的嘴裡，或是用大鍋把女人的肉煮熟塞進他們的丈夫嘴裡……

提到悲劇的王后，肯定多數人都會想到有「消失於斷頭臺之露[1]」稱號的法國王后瑪麗．安東尼。姑且不論其生涯毀譽，她能在幾乎感覺不到疼痛苦楚的瞬間死去，就當時而言算是比較好的了。事實上斷頭臺的出現，就是因為看到其他刑罰過於悽慘，基於同情囚犯才想出來的刑罰。

1 「露」在日文中可指短暫存在的，一瞬間便消失的東西，此指瑪麗皇后的生命。

# 52

# 所有的美女都是女巫?!以「狩獵女巫」之名所做的惡行

各位知道格林童話中的〈白雪公主〉最後的結局嗎？虐待白雪公主的王后，被迫穿上燒紅的鐵靴，不斷地跳舞直到死為止。

若覺得「童話本來就很殘酷」想要聽過就算，也先別急。正如本書第51篇所述，真的曾有一段時期，會動不動就執行如此殘酷的刑罰。

那就是在歷史上惡名昭彰的獵巫行動。這股風潮盛行於十六、七世紀，基本上與「無罪推定」的防冤獄原則相反，是只要有一點點嫌疑，就要徹底予以懲罰。而且其嚴苛程度非同小可。甚至有國王施行過類似〈白雪公主〉故事中那樣的刑罰，就是「讓人穿上燒紅的鐵靴，再從上方以槌子敲打至死」。

狩獵女巫一事，對於美女、有錢人等會引起人類嫉妒心的女子特別不友善。只要有人告密，根本不需要問消息可不可靠，無辜的人就會因密報而遭到拷問。但實際上根本就沒

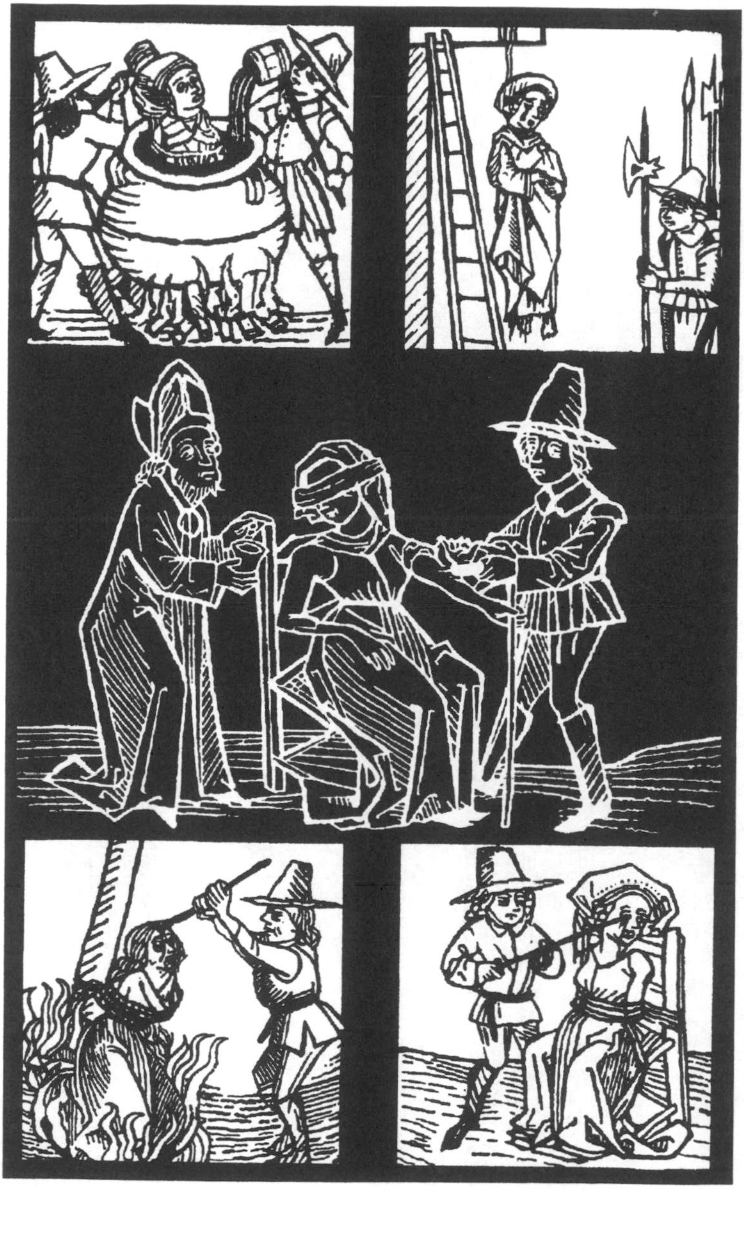

有女巫的存在，因此除了真正的罪犯之外，大多都是不白之冤。最可悲的更莫過於曾發生過親生兒子密報母親的例子。

而等待著她們的，則是以調查之名執行的拷問。為了讓人坦白自己就是女巫，會用夾鉗用力夾手指，或是剝除指甲，甚至連骨頭都壓碎。或是用繩子綁著，把人忽然從高處往下拋，在幾乎貼到地面前才停止（這麼做身上的關節會脫臼）。以鐵棒插瞎雙眼……等殘忍的手段來對付，結果是即使不承認自己是女巫，也會被這些折磨死。

另外也有莫名其妙的女巫鑑定法。就是讓嫌疑人全裸後，用針刺她全身，再仔細調查不會痛的部分。因為當時人們認為被惡魔使者吸過血的痕跡，是不會有感覺的。

那麼，如果熬不過拷問，趁著還活命時招供自己就是女巫的話，會有什麼下場呢？大抵上就必須上火刑台了。或許是人們認為要像對付鼠疫一樣，把可怕的東西放火一把燒毀才行。此外，蒙受冤屈而死的女性之中，吉普賽人也不在少數。當時的吉普賽人擁有豐富的草藥知識，會把各種草放進巨大的壺或瓶子裡熬煮草藥。而這剛好與童話中的女巫給人的印象相符。

總而言之，在那三百多年內，據說共有數十萬甚至數百萬的女性們，被「狩獵女巫」這種冠冕堂皇的理由殘害而死。

## 53

# 當時真的有許多王子與公主嗎?!

王子與公主是童話故事中不可或缺的存在，時不時就會登場亮相，但從前真的有那麼多王子或公主嗎？我們先說結論好了。有，而且不少。

十八世紀的德國，是由許多小國組織起來的集合體。直到十九世紀後半這些弱小國家被統一之前，每個小國都有國王跟王子。每個國家各自有律法、自行治理領地內的土地與人民。在當地人民的眼中，自己所在之地的領主，當然就是國王了。

如果很難理解上述狀況的話，那麼我們再來看看日本的例子。江戶時代各地都有藩屬，每個藩也都有各自的藩主（諸侯）。對於當地居民而言，他們就是這一處的城主，無關領地大小。而對照起來當時的德國，則缺少了像日本那樣能整合他們的德川幕府。

而每個國家為了擴大自己的勢力，就會拼了命地找更好的聯姻機會。這正是我們在童話裡常見的「嫁給鄰國王子」的情況了。

# 54

# 中世紀歐洲比童話還可怕的家庭崩解

現代社會越來越多先有後婚的例子，甚至讓部分人忍不住感嘆「現在的年輕人啊……」。然而這樣至少都比那些覺得「懷孕就墮胎啊」或「是生下來了但沒辦法養，所以就扔了」的人還珍惜生命，令人欣慰多了。

在羅馬天主教會勢力極為龐大的中世紀歐洲，似乎相當地珍視「性命」，而且嚴格禁止墮胎。然而這樣反而出現了悲劇的例子。

若是兩情相悅才有的結晶也罷，但如果是遭到強暴而懷孕的話，教廷仍是不准許墮胎的。

而且在那個時代，生下卻養不起的人們會把小孩丟在教會前。出生不受期待的孩子，被認為一出世就背負著原罪，當時的教會就負責養育這樣的孩子，扮演著孤兒院般的角色。這是為了讓背負罪孽的孩子能在神的身邊長大。所以當年的並非「投幣式置物櫃棄嬰」，而是「教堂前棄嬰」。

但就算沒有一出生就被拋棄，也不是就此安穩了。

在〈糖果屋〉故事裡，孩子們隨時都在擔心父母不知何時會拋棄自己，怕得不敢睡覺。對孩子們而言，就連家裡都不是能夠放下心來的冒險世界。

與棄兒這種不受期待而生的例子一樣多的，就是後母與繼子的關係了。格林童話中最具代表性的繼母子關係就是〈灰姑娘〉，但其實故事中的情況在當時的歐洲並不稀奇。

在醫療不發達、營養不足、過度勞動等諸多條件影響下，孩子在成年之後雙親都還健在的情況少之又少。而失去伴侶的大人為了繼續生活，大多會選擇再婚。在左鄰右舍打聽一輪，大約五戶之中就會有一戶是後母當家。

當然這不代表所有的繼子都會遭到虐待，但……

畢竟說起來，中世紀是個連血緣關係都靠不住的時代，因此對孩子而言，就是個多災多難的時代。

# 55

# 〈白雪公主〉中出現的食人情節吃了人肉之後，就能成為對方了?!

我們來回憶一下〈白雪公主〉的故事。王后命令獵人殺了白雪公主之後，帶回她的肺臟及肝臟當作證據。後來王后被獵人所騙，把野豬的肝與肺當成白雪公主的，還煮來吃掉。

這不僅僅是因為王后憎恨白雪公主而已。十九世紀的德國有種相當古老的民間信仰，認為只要吃了某人的肉，就能將那個人的特質據為己有。因此吃了美人的肉就能變美，吃了聰明人的肉，就會變得聰明。

到了現代，都有過父親深信只要吃了純潔無暇的女兒的肉，就能洗淨自己的罪孽，因此殺害並吃掉兩個親生女兒，這是真實發生過的例子。不過按照當時所留下的審判記錄，吃人在當時也是重罪，並非茶餘飯後會頻繁發生的情況。

不說謊的魔鏡認證的「世界最美」是白雪公主，王后便深信只要吃了白雪公主一部分的肉，自己就能擁有那樣的美貌。

在同為格林童話的〈杜松樹〉裡也有吃人肉的場景，是媽媽把繼子的肉煮成濃湯，端給父親吃。不過這是在本人不知情的狀況下才吃人肉，情況又有點不同。

這則故事的重點應該要放在「從骨骸復活」。歐洲擁有狩獵文化，自古以來便認為骨頭是生命的根源，人類或動物都能藉著骨頭重生。因此這篇故事裡的妹妹收集了哥哥的骨頭埋在院子裡，哥哥因此才能復活。

日本也有類似這篇裡遭到欺騙而吃下家人肉的故事。就是〈喀擦喀擦山〉。故事中的老爺爺被狸貓所騙，喝下了「婆婆湯」。不過現在很多版本的書已經因為這部分太殘忍而刪除了。若有讀者是第一次知道這個橋段，不妨去書店多翻找一下繪本哦！

# 56

# 參觀格林童話時代的屋宅！貧窮的生活到底是什麼模樣？

在童話中登場的主角，通常就是王公貴族等富裕人家，再不然的話，就是非常貧困的人。

用極端族群來陳述故事，可說是童話的特色。不過中世紀時代，大部分的平民實際上都是相當貧困的。

以農民為例，即使是在豐收的年度，獲取的收益也僅夠餬口並撐到下次收成季節，萬一作物歉收時，是否能飽餐一頓都成了問題。

貧窮主角去有錢人家借錢或借糧，也是童話裡經常出現的場景，而現實生活中這種情況也不時上演。而在經濟上無以為繼的農民們，往往會捨棄土地及房子，進入森林裡成為流浪漢。

說到十五、六世紀德國農民的食物，普遍是麵包或小麥粥。每週頂多兩次在最豪華的午餐時段能吃到一點肉。魚更是高級食物，幾乎只有病人能享有。因為河川、池塘都屬於領主，禁止擅自撈捕魚類。

話雖如此，但與八~九世紀世紀相比，多虧有了「鐵鋤頭」的發明，小麥的收穫量已經成長二至三倍，以小麥為原料的麵包等固體食物，就成了餐桌上的主角。現代人在節食或想吃輕食早餐時愛用的燕麥片，原本是混和麥粉與牛奶做成粥狀的食物，是為了補充小麥產量稀少而發展的生活智慧。

可是，儘管小麥產量增加了，但原本能自由使用的森林及牧草地，卻被領主禁止擅自使用，當然也就無法繼續自由砍伐木材或放牧牛豬了。

不僅如此，就算雞生了蛋，或是做好了起司或葡萄酒，種種的生產物品都要被課稅，農民交給領主的稅甚至超過收入的一半。

以都市來說，從十一、二世紀起，商人及工匠就集中在一處定居，形成「都市」。接著為了守護自己所居住的城市，就會在城市周遭蓋牆壁，也就是所謂的「城牆」。並在幾道城門前輪流看守，對出入的人嚴加管制。

但以整體來看，一般的庶民階層，仍是處於營養不足、過度勞動、生活嚴峻的條件下，壽命也較短。而且這種過著「極貧」生活的人們，佔了總人口中的九成。

# 57 好色貴族VS.教會道德 依存在婚姻制度上的虛偽遊戲

「妳願意發誓無論是疾病或健康，都要打從心底愛他、珍惜他，直到死亡將你們分開嗎？」

這不只專屬基督徒，更是現代年輕女性之間很流行的教會風格婚禮。想來肯定有不少女性會在腦中將理想男子放進這一幕，並為此心動不已吧！

結婚這種形式，是從什麼時候開始的呢？而在教堂裡交換誓詞的形式，又是從什麼時候開始的？

有一說認為大約從十二世紀起，天主教會便開啟了這股風氣。在此之前的婚姻並不基於特定的契約，也就是自由婚姻的形式。對男性而言（特別是貴族），無論是一夫多妻制或離婚都是可容許的，當時盛行的就是種對某些族群而言相當有利的習慣。然而貴族男子所創造的婚姻模式，也遍及於女性及平民階層，比照今日就是小老婆或同居關係。因此像是「妻子不能生下子嗣」而離婚，或綁架未婚女性當妻子等罔顧人權的情況也時有所聞。

因此天主教會才出面匡正這樣的人世亂象，改革婚姻觀，訂下了「一夫一妻制，不可離婚」的規定。話雖如此，這個制度也不是基於什麼專情只愛一人的崇高情操，而是為了制止毫無節制的色慾，讓結婚的目的是基於「繁衍子嗣」這點。後來針對結婚的規定也逐漸完整，本篇開頭的「誓詞」，也是避免家人去強迫誰結婚，才衍生出來的內容。

不過這個婚姻制度最早似乎遭到強烈的反對。當時有兩種結婚形式，其一是「協議婚（friedelehe）」，是基於當事人合意下的自由婚姻，也就是戀愛結婚，但並不正式，所以要分手也很簡單。真要說起來，比較接近「情夫情婦」的形式。

另一種則稱為「法律婚（Muntehe）」，是基於兩個家族正式締結契約而成立的婚姻。這種屬於政治性策略，對於當時的貴族而言，是影響整個家族的大業。貴族家庭總是很慎重地聚在一起討論著家族裡的誰要和哪家的什麼人結婚，才能對自己家族最有好處。

因此若無法聯姻的話，對他們而言是很嚴重的事。因此儘管有教會的規定，但當時真的遵守的人還是很少。

結果在中世紀歐洲時期，就形成了強硬制定規則的教會，與想方設法找漏洞的貴族之間，雙方虛以委蛇的捉迷藏遊戲了。

# 58

# 缺少廁所的不衛生城市中，引發鼠疫的另一種恐怖

格林童話裡有許多登場角色，都是答應惡魔「七年內不洗頭髮不沐浴」的條件後，便能成為有錢人。而且他們這麼做，周遭的人好像也見怪不怪。這是因為中世紀歐洲無論是人或城市，都非常地髒亂不潔。

就算是現在，巴黎街道上的狗糞也是多到出名。而在當年家家戶戶都沒有廁所，一旦有排泄的需求，也只能用藏在家裡隱蔽處的陶壺來解決。而且完畢之後，就會豪邁地往窗外的大馬路上倒。這麼說來走在路上還得處處小心了。貴婦平日穿著高跟鞋或是雨傘如此優雅，但其實是為了躲避從上方扔下來或堆在地上的屎尿，才發展出的時尚穿搭。因此當年男性要保護女性所採取的動作與現今相反，散步時要讓女性走在靠馬路那一側，男性自己則靠近建築物走，避免讓女性被從窗戶扔出來的排泄物砸中。

正因為街道如此不衛生，因此一旦發生傳染性疾病，沒多久就會擴散開來。自十四～

十七世紀陸續侵襲歐洲的鼠疫，造成一次次社會動盪。尤其是一三四七年起持續四年的那場嚴重鼠疫，奪走了歐洲三分之一的人命。當時對於鼠疫完全沒有預防或治療的方法，一旦人身上出現症狀，快的話二～三個小時，慢的話也是二～三週就會死亡。發病時全身會出現黑色的斑，肉也會如同腐爛般鬆弛，因此又有個遠播的臭名「黑死病」。

這種疾病所造成的災難不僅於此。

由於具有傳染性，因此患病的人會遭到排擠驅趕，最後孤獨而死。

此外，對於這種疾病的恐懼心態也會引集體恐慌，導致社會上到處呈現一些詭異光景。其中之一就是「鞭笞苦行」，即用鞭子抽打自己或他人的身體。更發生過村民集體群魔亂舞的現象，非常不尋常。

更甚者，還有因為鼠疫流行而蒙受不白之冤並遭受迫害的人種，那就是猶太人。當時流傳甚廣的謠言說，是猶太人到處散播毒藥才會發生鼠疫。因此住在歐洲的猶太人被放火燒屋，還被剝下衣服施暴，甚至遭到殺害，承受著各種迫害。尤其在鼠疫大流行的期間，變成一場「歐洲最大規模屠殺猶太人的行為」，據說有數千甚至數萬名受害者。

當年的鼠疫，的確是能夠造成整個社會瘋狂至此的可怕疾病。

# 59 〈萵苣姑娘〉的懷孕爭議可以殘酷，不許色情?!

格林兄弟在描寫殘酷場景時顯得肆無忌憚，但一遇上性事的描述，反而近乎神經質地小心翼翼。最典型的例子就是〈萵苣姑娘〉這篇故事。我們在本書第24篇提過他們對這個故事的改寫方式，到底為什麼格林兄弟在刪除性愛相關的場面如此積極呢？

原因之一是受到當時社會風氣及教養環境所影響，格林兄弟自己也對婚前性行為或通姦感到十分厭惡。

而比那更重要的原因，就是周遭人的反應。初版暗示「懷孕」的描述，遭到來自編輯以及讀者的強烈責難，任何：「那樣的內容不適合孩子閱讀。」

對貧窮的格林兄弟而言，編纂童話這份工作是重要的收入來源。既然客戶有意見，當然不能置之不理。因此便接受了這些異議，由弟弟威廉改寫性愛相關的描述。然而一直想將童話集變得有「學術性」的雅各，如此一來終於逐漸遠離編纂童話的工作了。

60

# 保衛國家的士兵為何會遭到厭惡

在《格林童話》的主角身上，有幾個經常出現的職業或身分特質，例如士兵、裁縫師、三男。為什麼會將注意力特別集中在這些人身上呢？我們可以從當時的社會情況來思考一下。

首先，全集裡共有十篇故事以士兵為主角。而其中有八篇的主角都不是現役，而是被開除的士兵或是曾參軍過的人。告訴格林兄弟這些故事的人雖然都是地主階級或農婦，但最早是這些人從士兵本人身上聽來的。

當時為了與拿破崙作戰，整個歐洲都非常需要兵力。德國同樣在十七至十八世紀這段時間，軍備需求量大增，為了維持、增強兵力，便對國民課以重稅，讓人民為此所苦。而且農民或是下層階級的男子都會被徵召從軍。到了十八世紀，軍隊坐擁強大的政治勢力，軍隊中的菁英領袖們也形成了龐大的特權階級。

另一方面，下級士兵的命運卻極為坎坷。他們沒有任何權利，平日都要進行嚴苛的訓練並負責警備勤務。儘管可以從事副業，但軍務一律優先。在將校軍官的嚴格監視下，想要逃亡就只有死路一條。一旦發生戰事，則要衝在最前頭當砲灰。

話雖如此，士兵也是一種職業，更不用說對貧窮的庶民而言，這是能獲得生活溫飽的重要手段。

因此別誤以為既然是保家衛國的士兵，就會受到國民如英雄般的對待。相反地他們遭到極度厭惡，甚至有人稱他們為社會殘渣。

這是因為當時的庶民必須讓士兵進屋子白住，還得花錢招待他們吃飯。對於連自己生活溫飽都顧不上，毫不寬裕的庶民來說，這些額外的要求無異於添麻煩。而招致庶民反感的士兵們，即使退伍了，也很難立刻被社會所接納。

格林童話裡有不少篇故事，講述的是士兵打算找驅逐自己的長官報仇。僅僅只有〈三片蛇葉〉一篇，故事裡的士兵被當成英雄。

在這樣的背景之下，待在軍隊裡很艱辛，但又不見容於社會，或許因此描述士兵悲慘命運或退役後弱勢處境的篇章才這麼多吧：

# 61

# 童話裡的裁縫師為何總給人狡詐的印象？

接著來看看裁縫師這個職業。格林童話裡共有十一篇裁縫師的故事。這裡要注意的是，故事中登場的裁縫師，都是工匠或學徒等級的人，沒有一個是老師傅。此外，士兵儘管身處嚴苛的環境，也都會被描寫成有人情味的角色，相比之下，裁縫師多被寫成狡猾的角色。

在中世紀歐洲，工匠代表著各領域的專家，是受到社會認同的。但裁縫師的地位卻很低。因為那不需要專業知識，也不需要什麼了不起的設備，換句話說就是「入門門檻低」的職業。再加上並不費什麼體力，因此被送去給裁縫師作學徒的，便都是些體弱的孩子們。

隨著十八～十九世紀，公會制度弱化，自由競爭意識越演越烈。這麼一來裁縫師的數量隨之大增，競爭更加激烈。也導致生活越來越貧困，除了鳳毛麟角收入較高的專業師傅之外，一般的裁縫師都非常窮困。儘管開裁縫店的資金不需要很高，負擔相對比較輕鬆，但要成為知名師傅爬到高位也極為不易。因此有很多人都是一邊開著裁縫店，一邊想辦法尋求其他工作來想辦法過上更好的生活。這種不安定的生存方式，容易讓一般人不以為然，似乎也是造成狡猾印象的重要原因吧！

所以格林童話裡登場的裁縫師會有點特殊，也就不難理解了，例如〈開飯的桌子、吐金的驢和自行跳出口袋的棒子〉，是一則要人把握良機的奇異故事；或是〈一夜致富的裁縫〉，主角不斷使出詐欺般的手法最後得到一整座村子。

畢竟故事中所反映的，就是當時裁縫師們的生存之道吧！

# 62

# 小兒子什麼都沒有，反而最強？

最後來談談三男。中世紀歐洲時代，職業基本上都是世襲的。不過我們在〈長靴貓〉裡也可以看到，以磨坊為例，長子會繼承磨坊，次子繼承驢、三男則得到貓。亦即當時繼承遺產的慣例是長男優先，因此提到三男，就幾乎沒有什麼與生俱來的謀生優勢。因此三男若想生存下去，唯有靠自己的力量與智慧才能克服。順帶一提，日文中罵人笨蛋時用的一個詞「たわけ者（tawakemono）」，也是源於遺產繼承的典故。因為把田產平分給兄弟，會分散整個家族的資產，這是蠢蛋才會做的事。

話題回到西歐，士兵、裁縫師、三男這三個弱勢族群的共同特點，就是連基礎生活都維持不易。不過反過來說，因為沒有什麼可失去的，就能更加強悍。無論面臨什麼考驗，都沒有什麼好怕的。因為沒什麼能失去，所以他們才能在童話中放心大膽地冒險。

# 第8章

# 格林童話中的奇幻道具

# 63

# 〈灰姑娘〉中遺落的一隻鞋究竟代表什麼？

我們在提及〈穿長靴的貓〉這篇故事時說過，鞋子代表了身分，這篇則討論鞋子所代表的另一層含意。

鞋子其實也含有相當情色的意義，那就是「女性的性器」。那麼穿進鞋子的腳，就象徵男性的性器了。換句話說，「穿鞋子」這個動作的描述，其實就是在暗示肉體關係。另一方面，「鞋子只脫掉一隻」這樣的描述，有時候似乎也隱含著性墮落的意思。在德國的某地，女孩們在慶典的儀式上要跳過火堆，這時如果鞋子掉了一隻，就表示她不是處女。南法及西班牙的寺院壁畫上，也能看見只穿一隻鞋子的女性，代表著她們蕩婦的身分。

在〈灰姑娘〉故事裡，舞會的最後一天，仙度瑞拉慌忙奔下樓梯時會遺落一隻鞋子，是因為王子不希望仙度瑞拉太早離去，故意在樓梯上塗了黏稠的焦油。這一段也可以解釋成仙度瑞拉在王子的策略誘導之下，與王子有了肉體關係。

格林童話中仙度瑞拉的鞋子是金鞋，但若從佩羅童話版本中的玻璃鞋來看，這段的解釋又會不一樣了。玻璃脆弱、易碎，外型無法改變。

若以此隱喻處女的特質，那麼這段也可以解釋成仙度瑞拉堅守貞操的態度。

相信格林兄弟或佩羅在寫故事時應該沒有想得如此深入，不過個性意外堅韌的格林版仙度瑞拉，以及溫柔無比又純潔的佩羅版仙度瑞拉，其所穿的鞋子比想像中還要與各自的特質相符呢。

話說回來，電影《羅馬假期》裡的安公主，也在謁見時覺得過程太無聊，雙腳不安分地在裙子下亂晃還勾掉鞋子，這畫面又該怎麼解釋呢……？

# 64

# 〈小紅帽〉用紅色的頭巾代表什麼意思？

鮮紅色的口紅、鮮紅色的指甲——紅色是讓人聯想到成熟女性的顏色。

「紅色」是故事中的小紅帽所戴的頭巾顏色，它在中世紀歐洲到底有什麼特殊含意呢？

紅色一詞在西歐諸國的語源幾乎都來自鮮血，無論是正面或負面的詞彙都很常被採用，是非常重要的顏色。

在基督教社會中，溫暖的血液代表了愛，但同時也象徵活祭品。此外，紅色也象徵火焰的顏色，由於代表戰火、災害、懲罰等意，因此也被視為惡魔的顏色。

儘管紅色擁有雙面特性，但在格林童話中似乎更強調它的負面意義。繼格林童話之後的安徒生童話裡的〈紅舞鞋〉，也講述穿了紅鞋子去教會的女孩，最後被砍下雙腳的故事，可見紅色經常被用來暗喻不祥的顏色，而這點或許與當時的社會背景有很深的關係。

在中世紀歐洲，只有幾種人會穿上紅色衣服。出賣肉體的娼妓、執行囚犯刑罰的刑吏、重病患者……總而言之，紅色是用來歧視遭到社會排擠、低賤之人的顏色。就像被視為狩獵女巫的象徵一樣，現代人對那些被忌憚嫌惡的女巫都是黑色的印象，但當時確認為他們是紅眼睛、紅髮、紅帽子及紅衣服。

人民也迷信紅色是不吉利的，例如旅途中遇到紅髮的人，或新年第一個來訪者是紅髮的話，就會覺得不吉利。

從心理學的角度來看，紅色是可以激化鬥爭及興奮的顏色。因此把紅色穿在身上的小紅帽，是在無意地對男性（＝大野狼）散發出訊息。

這部分用現代的角度來看，就像是穿著無袖的衣服，男性來侵犯後還要說「誰叫妳勾引我」、「我不是故意的」一樣……

# 65 妖精很美麗?!很溫柔?!

聽到妖精一詞，各位腦中浮現的是什麼模樣呢？白皮膚的金髮美女？還是長著小翅膀的袖珍可愛小人？這些的確都是妖精的樣貌之一，但也不只如此。一般傳說中的妖精，從螞蟻一般小，到可以躲進桌子下或帽子裡的，各種尺寸都有。性格及行為舉止當然也都各有不同，有些會協助人類做家事或農務，也有些會擄走嬰兒、害家畜生病。此外會因對象不同表現出不同的態度。若從格林童話中來看，這點就很明顯了。在〈睡美人〉裡，受招待的妖精以美麗或智慧等優點祝福公主，但沒受到邀請的妖精就給予死亡詛咒。在〈萵苣姑娘〉中登場的妖精（或巫婆），擄走了竊取自己庭院內萵苣的夫婦所生下的嬰兒。

西歐有很長的一段時間都認為妖精是實際存在的，似乎是因為人類打破與他們的約定惹怒他們，近來才不再出現。一九五五年的英國有人分享看到妖精的體驗，這是最後的相關傳言了……

66

# 經常出現的食物代表什麼？

格林童話裡經常會看到某些食物，最具代表性的有蠶豆、豌豆、大豆等豆類食物以及水果中的蘋果。這或許是基於當時飲食生活所撰寫，但在某些情況下則有更深層的含意。

首先是蘋果，其在童話之前的神話時代，就已經登場多次了。包括亞當和夏娃、帕里斯的評判，以及北歐神話女神伊登保持青春的金蘋果等，都代表誘惑、不死、罪惡等，是掌握該故事關鍵，含有重要意義的食物。又或是〈白雪公主〉裡的蘋果有毒，便象徵著「死亡」。

豆類在中世紀歐洲時與大麥一樣，都是餐桌上的主食。拜這層正面意義所賜，在故事中往往是豐收或活力的象徵。在豆莢裡的豆子數量，就會被當成幸運占卜。在英國，也有蠶豆花裡寄宿著亡魂一說。而在格林的故鄉德國，豌豆則是小矮人最喜愛的食物。

# 67

# 小矮人的真面目是什麼？

提到小矮人，到底指的是什麼樣的人物呢？是真的個子矮小的人嗎？還是其他什麼事物的象徵呢？

關於小矮人的身分至今尚未有定論，這些說法包含因愛惡作劇而被變小並逐出天界的神靈、太古人類的倖存者、自然界中帶有靈性的居民、或是對被征服民族的輕蔑表現等。

若將範圍限縮到在童話中登場的小矮人，一般呈現的樣貌就是頭大大的、老人臉、雙腳大外八且扁平足，或有著動物般的腳。而且似乎會對腳的樣子產生極嚴重的自卑感，會因此把打算尋找他們腳印的小廚師刺死。

這些小老頭子們，是靠做什麼過活的呢？小矮人最具代表性的職業，就是在〈白雪公主〉中出現的礦工。他們總在山裡挖掘煤炭或金銀等礦物財寶。當時挖掘礦坑是既危險又嚴苛的勞動。會從事這種工作的人，一般都是貧窮的底層人民或更生人等，在社會中不見天日的一群人。光是外表就遭到歧視的小矮人，或許也只能待在如此惡劣的環境裡。而就如他們見不得光的人生一般，他們居住的地方也往往是洞穴或家畜小屋，入口在地面上但住處在地底下的地方吧！

此外，童話中的小人也有與妖精相似的一面。他們擁有神奇的力量，有些能夠幫助人類，有些則會做出綁架人類等壞事，給予人善惡兩者兼具的印象。而且即使在童話中也會採取令人匪夷所思的行動，人類往往被他們耍得團團轉。

在格林童話初版的一篇〈小矮人的故事〉裡，收錄了三則有小矮人登場的短篇故事。光是比較這三則故事內容，小矮人的行動與反應就各不相同了。〈讓小矮人幫忙工作的鞋匠〉裡，因為小矮人每天都來幫忙縫鞋，鞋匠為了表示感謝便以背心和襪子相贈，導致小矮人高興地現形後，便不再出現了；〈成為洗禮見證人的女僕〉裡，女僕替小矮人的孩子當洗禮的見證人之後，獲得了許多金子滿載而歸；〈孩子遭到掉包的女人〉裡，一位母親的孩子被換成樣貌詭異的小孩（就是小矮人），後來靠著鄰居的機智換回自己的孩子。除了第二則之外，第一則跟第三則裡的小矮人為什麼要那樣做，實在令人難以理解。

不過這些偏離常識的莫名其妙舉動，總覺得跟部分個性扭曲的人類會做的舉動一樣，令人有點難過。

# 68 惡魔是什麼人物？

惡魔是西歐世界的反派。一般人腦海中的形象是分裂的尾巴、蹄爪、尖耳朵、蝙蝠一般的黑翅膀，這樣的外型是從中世紀開始就固定下來了。

在基督教的世界裡，惡魔是跨不過神的試煉而墮落的天使，就是所謂的墮天使。他們會抓住人類的弱點趁虛而入讓他們犯罪，是絕對的邪惡。接著就會把那個人類的靈魂帶去地獄，這就是他們的工作。

在格林童話裡，有惡魔見到主角有金錢上的困難，就先借給他能不斷變出金錢的上衣或鞭子，再提供極誘人的條件來誘惑主角。條件如「只要你能夠七年不洗頭、不剪指甲、不洗澡的話，我就不拿走你的靈魂」，或是「我七年後會來帶走你的靈魂，到時候若你能解開我出的謎題，我就放過你」。

不過，民間故事裡的惡魔出人意料地也有可愛的一面。例如〈惡魔與老奶奶〉裡，不但沒順利收走三位士兵的靈魂，卻反過來遭到他們惡整。在〈穿著綠色上衣的惡魔〉裡，沒抓到原本的目標，錯收了其他人類的靈魂之後，還特地跑回來心有不甘地嗆聲……搞笑的舉動實在不少。

不過在西歐的故事裡，也出現過不取走人類靈魂的惡魔。一般認為那應該是在基督教尚未傳開的時代，便流傳於當地的故事。這類的故事中，就不會強調他們有什麼超自然的力量，只代表反派而已。

此外，在非基督教為主的其他國家裡，惡魔多為善惡一體的一種神明。順帶一提，佛教中也有惡魔，其在日本江戶時期則多被視為天狗。不過天狗也是有好的一面，會先擊鼓提醒人們他即將去搜捕獵物的方向。

# 69

# 豪華氣派的背後隱藏之事——主角們的名字代表的真正意義

一般來說，在童話或民間故事裡，都不會讓主角使用引人聯想的名字。其中大多更是不以名字來稱呼，只用王子、公主、農民、父親、女兒等身分名。就算在格林童話中是有名字的角色，也幾乎都是漢斯、海因茲、葛蕾特等德國菜市場名。以日本的例子來說，就是太郎或花子之類的名字。

不過有些名字在日本人耳裡聽起來就很稀有，而且過去實際存在的人物也沒有用過。其中之一的「萵苣」，本來就是植物名稱。因為是拿這個女兒換取女巫院子裡的萵苣來吃，這個理由雖然很簡單，卻聽起來不錯……實際上那就是美生菜那一類的蔬菜名。命名方式和桃太郎、瓜子姬是一樣的。

此外，仙度瑞拉聽起來也很美很仙，但英文直譯就是灰姑娘的意思。畢竟她總是全身髒灰灰的，才會得到這麼難聽的暱稱，這種稱呼跟汙垢太郎也差不了多少。順帶一提，格林童話於明治時代首次傳入日本時，仙度瑞拉一名被譯為「阿煤」，是很貼合原著且有靈氣的名字。

# 70

# 童話裡的鳥都是正義夥伴？

若格林童話裡的野狼是反派代表的話，那麼書中出現的鳥，大抵上都是主角的好夥伴了。換句話說，是正義的一方。若非如此，那也一定是人所變成的。在神話時代或遠古傳說中，鳥也代表了神界的使者或搬運靈魂的使者。

格林童話裡也到處都會出現有這些特質的鳥。例如〈灰姑娘〉裡，兩隻白鴿從困境中拯救了灰姑娘。他們幫助灰姑娘從一盆煤灰裡挑出豆子，不只如此，最後還啄出壞姐姐們的眼珠子。換句話說，他們還肩負了懲罰人類之職。這正是身為「神界使者」才能辦到的事。

那麼搬運靈魂又是怎麼回事呢？我們來看看人類變成鳥的故事吧！

在〈杜松樹〉這篇故事中，被後母謀殺的男孩化身成一隻美麗的鳥。直到最後他懲罰了後母，以人類的姿態重生之前，他的靈魂就是變成鳥兒的姿態。〈十二兄弟〉中，為了拯救變成烏鴉的十二個哥哥，身為么妹的小公主遵守「整整十二年不說話」的諾言，最後讓哥哥們恢復成人。同樣在初版的〈三隻烏鴉〉（後來的版本改為〈七隻烏鴉〉）裡，也是在妹妹努力之下，把化身烏鴉的三個哥哥變回人類。

這麼看來，童話裡的鳥兒的確是人類寄宿靈魂的化身。

為了強調擁有神奇力量的鳥兒身上的神祕色彩，其形象多為「白鳥」，而其中就以白鴿最常登場。或許是因為牠們經常群聚在教堂或寺廟周遭，才給人有些神祕的印象吧！此外，例如黑烏鴉或黑雞等，都象徵遭到詛咒或是代表邪惡本身。

# 71 出現在童話裡的獵人一職之謎

森林是妖精、精靈居住的神祕地帶。同時也是村莊與村莊之間的交界，由於深邃難以輕易穿越，因此常被視為是通往未知世界的入口。只有獵人，能夠自由往來於森林這個未知世界與村莊這樣的人類世界之間。連結了潛意識（村莊）與無意識（森林），擁有一點神祕力量的獵人，是特別的存在。

在〈白雪公主〉中，獵人將白雪公主由城堡帶進森林，也就是將她從潛意識引導至無意識的層次。在城堡裡壓抑自我的白雪公主，來到森林後便按照本能行動，想要什麼都會直接表達。在格林版的〈小紅帽〉中，獵人拯救了小紅帽。民間信仰中，獵人只要碰到大野狼或狐狸，就是發生好事的預兆。因此獵人在大野狼出沒之地登場，就肯定會得到好的結局。八～九世紀的獵人只要能抓到狼，就可以免除服役的義務，顯然當時野狼確實很頻繁地在村莊出沒。或許獵人無論在童話或現實社會中，都曾是救世主。

# 72

# 森林中所暗藏的兩種風貌

被遺棄在森林裡的漢斯與葛蕾特、獨自流落在森林裡的白雪公主、在薔薇荊棘覆蓋的城堡裡沉睡的睡美人……

童話故事裡經常會出現森林的場景，歐洲也確實有極廣大的面積是被森林覆蓋。人們為了讓自己的生活更富裕，開拓這些森林做為生產糧食的耕地更成為重要課題。

特別是在中世紀的德國，各地都有著被稱之為黑森林的茂密林地，樹木高大且極為枝繁葉茂，就連大白天進入森林都是陰暗的，除了這個原因之外，「黑」這個字是否也暗喻著什麼呢……

現實世界中的森林對於人類而言，有著兩種面貌。

其一就是會害人的陰暗面目。漢斯的爸爸擔心孩子「在森林裡被野獸吃掉」是合理的，畢竟多數闖入森林的流浪漢，最後都成為野獸的食物。運氣好的話，在森林裡徘徊一陣子，就會來到擁有大莊園的領主住宅或修道院等處，這才有人收留幫助，但其實大多數人都會先死在森林裡。此外，這也是收留所有社會弱勢、邊緣人的法外之地，例如罪犯、棄兒、老人、因作物歉收而逃亡的貧農等。

與如此恐怖面貌相對的，是森林也擁有一副慈愛的面孔。

鄰近村莊的森林入口，能夠取得柴薪或是野莓等生活必需物資。到了冬天，貴族也愛進入森林打獵。中世紀的德國，森林是公有財，無論在森林裡取得什麼或飼養什麼動物，只要是這片土地上的居民都能自由使用。

森林裡的萬人皆是平等，地位和錢財也都不重要。因此在民間故事裡也經常出現，是貧窮主角挑戰未來的試煉場。就精神分析學的角度來看，村莊代表人類的潛意識，森林則代表無意識。在村莊裡被制度與習俗束縛的主角，進入森林之後，本能與才能都能夠覺醒，並獲得巨大的成長。

在童話裡，一旦穿過「森林」，主角的命運就會產生一百八十度的大轉變。例如獲得大筆財富的漢斯與葛蕾特、邂逅王子的白雪公主、賺到金錢與婚姻的好幾名士兵（〈魔鬼的邋遢兄弟〉、〈熊皮人〉等）……對於弱者而言，童話中登場的黑森林背後，也潛藏著某種程度的自由以及改變命運的機會。

# 73

# 總是讓仙度瑞拉全身煤灰的灶，其擁有的神聖法力為何？

包括格林童話在內的古今東西方童話裡，經常會有廚房或廚房內的灶登場。〈糖果屋〉最後燒死女巫的，就是廚房裡灶台上的烤麵包大鍋。英國民間故事〈三隻小豬〉裡，大野狼從煙囪闖入正好跳進放在灶上的燒熱大鍋裡。俄羅斯民間故事〈傻子伊凡〉、〈愛蜜莉亞〉裡登場的則是俄式爐灶。

人類在很早以前便已知用火，可以利用火來驅趕怕火的動物以自保，也能驅寒、烹調及保存食物等。火自人類在穴居時代起就是生活中不可或缺之物，升起火的地方，就是一個家、一族人團聚的地方，也是神聖之地。至於人類不可或缺的火究竟是誰帶來的，全世界都有相關的神話在流傳。一般都會是特定的神明或英雄，並因祂們帶給人類火焰而心存感謝。而房子裡的火炕，最早是簡單地把地板挖一個凹洞後在裡面生火，讓其兼具取暖及烹調的功用。隨著時代變遷，人們將其按功能分為取暖用的暖爐及烹調用的灶，然而有火的地方便是生活重心這點，至今仍舊未變。炎熱的國家，僅用來烹調的灶其發展會較為多元，且多設置在屋外。日本及歐洲則發展出取暖、烹調功能兼具的圍爐或暖爐。對歐洲的畜牧農戶而言，暖爐或廚灶的煙在燻製火腿或香腸時也扮演了重要關鍵。中國或韓國的地暖炕，則是老人家們給湊在一起的小朋友們述說民間故事及傳說的重要地方。

傳說中，日本的灶有灶神，灶被視為神聖之地。印度教的社會中也是一樣，傳說要進入廚房一定得脫鞋。歐洲各國也多有這種情況，都視廚房為神聖火焰所守護的地方。

朝夕在廚房與灶為伍的灰姑娘，最後獲得幸福人生，這樣的發展也可以解釋成神聖火焰燃燒後留下的灰燼擁有特別魔力，才會有這樣的結局。日本民間故事〈開花爺爺〉利用灰燼讓枯樹開花，也可以解釋為相同信仰。火與灶同時也是擊敗邪惡的強大武器。〈三隻小豬〉裡的大野狼被火爐上的鍋子煮熟，或是〈糖果屋〉的魔女被烤麵包鍋燒死，都顯示了神聖火焰能夠戰勝邪惡的道理。

# 74

# 青蛙是年輕男子的象徵？

「妳的願望很快就能實現了。妳不久之後會生下一名女孩。」

在〈睡美人〉的開頭，有個角色宛如預言家一般這麼跟王妃說。初版時這個角色是隻螯蝦，之後經過修訂，就變成青蛙。那麼，格林兄弟為什麼要在這種細節（表面上似乎是）上如此講究呢？

我們可以試著從青蛙背後的意義來思考。

自古以來，歐洲有句俗話是「青蛙一叫就會下雨」，青蛙被視為氣象占卜使者。換句話說，青蛙不只跟生活息息相關，也被認為是種擁有神祕力量的生物。牠在埃及是「母神」，在古希臘或羅馬則被視為「豐饒的化身」。因此歐洲將青蛙視為超自然存在並敬畏有加，這樣的情況也不難理解了。

話雖如此，青蛙看上去畢竟濕濕滑滑得有點噁心。〈青蛙王子〉裡的青蛙儘管有恩於公主，但公主還是覺得青蛙噁心而討厭牠。

姑且不論這點，我們還可以從更有趣的角度來看。

有一種解釋是這隻青蛙所比喻的人，是渾身服裝破爛幾乎衣不蔽體的年輕庶民。若以這個角度來解釋，前述的兩篇故事就立刻變得更有趣了。

在〈青蛙王子〉裡，庶民階級的年輕男子要求的是：

「若我幫妳拿回金球，妳以後可以跟我一起玩嗎？」

公主則是認為：

「我哪需要對區區庶民遵守約定啊！」

因此，公主才會輕易答應。然而年輕人比她想像的還纏人，本以為可靠的國王也不站在她這邊。公主迫於無奈，只好讓年輕人進入她的寢室。不過，神奇的是……他們一起躺上床的結果就是「本以為像個青蛙一樣醜陋的年輕人，居然看起來像個很棒的王子」。

〈睡美人〉裡的青蛙預言家，如果實際上是為庶民階級的年輕人……？跟國王之間一直沒有孩子，為了不孕一事而煩惱的王妃，和泉水邊邂逅的庶民青年，偷偷地……這已經不是預言，青蛙根本就在生孩子這件事上幫了一把啊！

# 75

# 「榛樹」是黃金樹木？

「當妳想要許願時，就去搖一搖我墳上那棵樹。」這是灰姑娘的親生母親留給她的遺言。在格林版的〈灰姑娘〉中，這棵樹是仙子的話身，給了灰姑娘洋裝與馬車。

這棵樹是榛樹。它的茶色果實底部扁平，前端較尖。在西歐就跟栗子或核桃一樣都可食用。而在德國則是象徵生命之樹，會為了祈求剛出生孩子的富裕與幸福而栽種。

回溯到法蘭克王國（五～七世紀）的時代，當人們要讓渡土地時，會移交草木或小樹枝作為憑證。而小樹枝也有「分享」的意思。灰姑娘收下榛樹的小樹枝，就表示她接收了母親的遺產。以當時的時代背景來看，當時的習俗應是母親結婚時帶來的嫁妝資產，後來都會傳給女兒。隨著灰姑娘的成長，榛樹也越來越高大。換個角度來看這段話，就是財務經理人運用那筆資產增加了灰姑娘的財富。最後灰姑娘在最好的時機點充分運用這筆資金，好好打扮自己去見王子，拼一個人生的逆轉勝。

76

# 當時在歐洲成為美女的條件是深色頭髮?!

「希望她的頭髮如炭一般烏黑、肌膚如雪一樣白、臉頰有如鮮血一般紅豔……」

這是大家都耳熟能想的〈白雪公主〉一篇的開頭，但也讓人產生了一點點疑問。那就是，歐美的美女標準難道不是金髮嗎？沒錯，金髮基本上就連在中世紀歐洲也一樣受歡迎。甚至連義大利等南歐女性為了變成金髮，都會故意在炎熱的盛夏時節站在太陽下，長時間地直接曝曬頭髮。不過約十七世紀起，深色（黑）髮重新受到關注，來到格林童話出版的十九世紀，更是深色頭髮的全盛期。

不過白雪公主的深色頭髮，還可以進一步分析更深層的意義。髮色的黑、皮膚的白以及臉頰的紅三個顏色，正是格林兄弟的祖國—德國—國旗的顏色（現在則是黑、黃、紅三色）。當時的德意志地區被拿破崙所率領的法軍佔領，只不過是一個弱勢小國家。或許是因為對於岌岌可危的祖國產生強烈的眷戀，才會創作出白雪公主的外貌吧！

# 77

# 磨坊到底是庶民的夥伴還是敵人？

中世紀歐洲農村風光中最不可或缺的景致就是水車小屋。

格林童話裡也在多篇故事中提到水車小屋，例如〈穿長靴的貓〉、〈魔鬼的三根金髮〉、〈無手的少女〉等。這些靜謐的水車小屋背後，也蘊含了人們的各種情感。

農民要把收成的小麥或裸麥磨成粉，就需要使用石磨，後來經過慢慢演變，就蓋了磨粉效率更好的水車小屋來用。這可能是農民一起蓋的，也可能是領主下令蓋的。

可是到了十五～十六世紀，德國的地方領主為了收取使用費，開始強迫農民使用領主蓋的水車小屋。將穀物磨粉之後，就必須繳交其中六成給領主。

原本農民承擔的賦稅就已經很重，如今又多了這項規定，而且實際上磨好還給農民的麥粉，好像比應該領到的輕得多。

這看起來就是在坑農民吧？

為此農民們開始疑神疑鬼，也逐漸累積了不滿。

這份不滿當然無法對領主發作，因此負責這差事的磨坊主人看起來就很可疑了。畢竟農民會懷疑：「那傢伙是不是從中偷拿了麥粉？」而且磨坊與全村也不算命運共同體，擁有一些特權，因此會讓農民更為反感。

此外，負責磨粉的水車小屋所蓋的位置，也讓磨坊跟一般人民產生了隔閡，因為水車小屋通常會蓋在村子外。當時人們認為只要不在全村共同體的範圍之內，那就是魔鬼或妖怪橫行的地方。

不過在格林童話裡，例如〈無手的少女〉裡的女兒，或是〈穿長靴的貓〉裡的小兒子、〈窮磨坊學徒和小貓〉裡的小學徒，磨坊主人都不是主角，多是其子女或學徒為主的故事。這些角色都不會讓人覺得印象差，而且因為心地善良，最後都能得到幸福。

從這幾篇故事看來，或許格林兄弟認為他們就像士兵或裁縫一樣，都屬於社會弱勢吧！

## 78 〈睡美人〉或〈三個紡織女〉裡的紡線，究竟是什麼工作？

我們曾提過〈睡美人〉裡遭到紡錘刺傷是暗示失去貞操。說到紡紗這件事，是從初冬的聖馬丁節到春天的復活節這段時間內，德國農村女孩們的重要工作。年輕女孩們每個晚上都會聚集在全村共用的紡織屋內，勤奮地紡紗。這項活動禁止男性進入，卻又常是女孩偷溜出去幽會的藉口，因此後來都會讓人忍不住想歪。然而當初設立的目的，只是希望女孩們聚在同一間房間裡，讓她們這份重勞動的工作可以做起來愉快一點。

透過格林童話裡的〈三個紡織女〉這篇故事，可以想像一下紡紗到底是多麼辛苦的一份工作。先介紹一下故事大意吧！

有個討厭紡紗的女孩，陰錯陽差之下被王妃誤以為是個「喜歡紡紗的勤勞女孩」，王妃還認為「這麼勤勞的女孩一定要來嫁給王子」，並帶她回城堡。到了城堡之後，王妃給了她成堆的亞麻還對她說：「妳可以盡情地紡紗了。」簡直讓女孩一籌莫展。這時忽然出現了三個樣貌奇特的女子，「第一位有一隻腳既平板又寬大，第二位的下唇大片得垂到下巴上，第三位的大拇指又大又扁」。三個女人表示可以幫助女孩紡紗，條件是在婚禮時邀請她們並假稱她們是伯母。女孩接受了三個女人的幫助把紗都織好，也按照約定邀她們來參加婚禮。王子看見三人奇特的長相後，一問之下得知她們是因為紡紗才會變得如此，於是禁止女孩再紡紗，以免未來變得如此醜陋。女孩不只能夠嫁給王子，還可以從此不再紡紗……

這三個女人的長相特徵，是象徵「捻」和「舔」亞麻線，以及「踩」紡織機這三個紡紗時動作的辛苦程度。嫁給王子，還能擺脫紡紗工作，這一篇女孩獲得雙重幸福的故事，與其說要表達懶人最終成為大贏家，更像是代表了當時女孩們遙不可及的願望吧！

# 79

# 〈睡美人〉裡出現的教母，是孩子們的好夥伴嗎？

我們經常會聽見教母一詞，但在天主教中，她所扮演的角色可不只是幫孩子取名這麼簡單而已。在孩子「受洗」成為基督教其中一員時，要替這個孩子取名（直到十五世紀末，出生後就獲得的受洗名，會直接成為那孩子的名字），之後則以教養上的父母親身分，終生給予這孩子以教育為主的各方面支持。

過去人們認為被選為教父教母是一件非常光榮的事，所以會為了教子準備許多禮物。〈睡美人〉裡最先登場的十二名仙女會贈送美麗、溫柔等禮物給初生女嬰，也是沿襲了這種風土民情。

而被選為教父教母的人，多為親戚、很多小孩的夫妻、或是地方有頭有臉的仕紳等。由於彼此之間的感情深厚，孩子成長後也會去幫教父教母做田裡的工作等，一輩子都會維持親子之間的交流。更甚者，親生父母與教父母、教父母與教子、教父與教母（代理父親—

代理母親）彼此之間，都被視為親屬，因此這些人之間的聯姻也都屬於近親亂倫而遭到禁止。例如教女長大之後，教父即使想娶她當續弦也絕對禁止。

格林童話裡登場的教父母們，基本上都會保護並拯救主角。就像〈死神教父〉這篇所提，即使是與人類為敵的死神，也會想要幫助自己的教子出人頭地。

然而一旦這份信賴關係遭到破壞，似乎就很難修復了。前述故事中，教子背叛了死神之後，死神便取走了教子的性命。這種危險的關係，應該不只是因為教父的身分是死神而已，即使是一般教父母及教子之間也是一樣的吧！

# 80

# 竊賊之子的職業為何？

中世紀歐洲有個世襲制的慣例，便是子嗣必須繼承祖傳下來的職業。其中較為有趣的一點，就是連竊賊都是世襲的。人說老鼠生的兒子會打洞，竊賊之子也只能選擇竊賊一職。而且一旦遭逮，犯罪就是犯罪一樣會被判刑。聽起來很不講道理，也不考慮其出生背景，就把他們視為一般人而給予嚴厲的處罰。可是這個時代，不只有世襲制度下的小偷，更有因戰爭、苛政、飢荒而被迫遠離家園的人，後來轉而成為盜賊。他們藏身在比現代還要茂密且廣大的森林或深山中，攻擊村莊、城鎮、旅人，劫財甚至是傷害人命。

反映了當時社會背景的格林童話裡，當然也出現了多篇有關竊賊的故事。然而耐人尋味的是，如果是結夥打劫的盜賊，最後都會被視為反派並遭到制裁。相對之下，只要是獨來獨往的竊賊，反而會靠聰明才智來作案，騙有錢人給他飯吃，在作者筆下都成為聰明伶俐的人了。這部分或許是想要替不得已成為盜賊的弱勢或庶民說話，才變成這樣奇妙的懲惡揚善形式吧！

到了現代的義大利，據說只要行竊成功的話就不會被問罪。似乎是因為其偷竊的精彩手法會被視為一種藝術而博得好評。這麼說來，日本也曾經發生過三億日圓竊盜案，那件事無關被盜金額的多寡，民間對此案的印象一般都不壞。看來無論在什麼時代，人們對於掌權者或富人的不滿憤恨都是一樣的。

# 81

# 餵給漢斯的豪華菜色有哪些？

歐洲美食傳統的起源，是各國王公貴族雇用手藝好的廚師來製作豪華餐點。義大利文藝復興時期的美第奇家族，或是十七世紀法國宮廷等，都被視為這些歐洲美食的起源。

在那之前的中世紀時期，儘管在歐洲各地的氣候風土影響下種植的食材不同，烹飪手法卻幾乎沒有差異，都用類似的烹飪手法煮出同種類的菜餚。比較十四世紀之後分別在義大利、德國、法國、英國出版的古老食譜，就能一目了然。

這或許是受了當年傳遍歐洲全土的羅馬天主教所影響，各國的君王階級因為政治聯姻而使得國家之間的交流很多，他們的廚師也會彼此交流吧！王公貴族會吃大量肉食，純小麥做的白麵包也是他們日常食品。另一方面，一般社會大眾幾乎都是吃蔬菜，還有混了很多雜質的黑麵包，蛋白質的來源只能依賴起司等乳製品。要吃肉的話，也大多煮成摻了些許醃漬肉的燉雜菜。

等到歐洲建立起所謂的美食方程式時，已經是十七世紀後半。在法國大革命之後，巴黎街道上開了餐廳。同時，各國也逐漸發展出自己的特色餐點。也是從那時期開始，就有了法國等於美食天堂的好評，據說就連俄羅斯或德國宮廷裡，也會廣泛地使用各式法國料理。

一八四七年在巴黎出版，由馬利・安東・卡漢姆（Marie-Antoine Carême）撰寫的《十九世紀法國烹飪藝術》，書上記載著「一八二一年，維也納的史都華閣下的晚餐菜單。」內容則是：「白酒燴鵝肉、馬德拉酒燉肉丸濃湯、義式濃湯二道。魚類料理有英式龍舌魚佐荷蘭辣椒、主菜為費南雪醬風味火雞佐菠菜冷火腿。前菜是王妃風卡酥萊砂鍋米飯、里昂風炒雞肉、煙燻去骨乳兔、羔羊背肉佐蘆筍、烤肉共兩道，為烤雉雞肉佐麵包醬與烤雛雞佐雞蛋醬。四道小菜甜點分別為蘆筍、花椰菜配帕馬森乾酪、蛋糕布丁、柳橙果凍。最後來一道壓箱寶的神祕加菜起司鍋」。內容簡直是王公貴族獨有的豪華菜單。〈糖果屋〉巫婆餵給漢斯的菜色，應該也是像這樣的山珍海味吧！

## 82

# 童話中登場的各類工匠們過著什麼樣的生活？

隨著中世紀歐洲的城市發展，商業及手工業也逐漸發達。德國擅長的手工業技術，是由基督教修士們傳承而來，在十三世紀前後，各手工業者之間就形成了師傅、工匠、學徒三個階段的嚴格身分秩序。在師傅之下學有所成，從學徒身分變成能獨當一面的工匠，之後想要成為師傅，就必須出門繼續進修，進一步精進手藝並累積人生經驗才行。

工匠們的旅行，有些會離開德國前往其他國家，所以他們也扮演著吸收並傳承歐洲各地文化、傳說、民間故事的角色。被譽為中世紀民間故事書的《搗蛋鬼提爾（Till Eulenspiegel）》，據說也是從旅行工匠們的談笑中所誕生出來。

新的技術與需求，更是促成了手工業的專業化，行業別的增加也讓有才華的工匠有機會能夠上升至師傅的地位。在金屬加工的類別中，鍛冶師從早期階段就分為鐵、銅、金、銀的雕造師。此外，如馬蹄鐵、武器鍛造師也從打鎖匠的類別中分離出來，弓造師也跟軟銲師分家了。

在德國的紐倫堡，鐵加工業中就誕生了刃物師、刀劍師、鎧甲師、頭盔鍛冶、馬刺鍛造、釘鍛造師、鍋鍛造師等。裝飾業方面，有錫工匠、象牙雕刻詩、畫家、雕刻家等公會成立。到了十五世紀，還有羅盤精雕師、羅盤針或時鐘的工匠誕生。

在個工匠的公會裡，師傅都是憑著身為專家的驕傲，遵從規則與技術打造堅固耐用的製品，絕對不會用假材料或訂假的價格損及買家的利益。

想要進入師傅的工坊當學徒，必須具備三個條件。第一一定要是男性，第二必須是基督徒，第三則是身為自由人民的身分。

師傅的工坊裡只要有空缺就能收學徒，一旦錄用，就要過上四至六年的學徒生涯。從學徒晉升成工匠時，會有盛大的慶祝儀式，讓他能獨當一面出發旅行前往各地進修。進修時期的工匠，就是從一個工作地點輪換到下個工作地點，不停精進技術。德國工匠之間的相互扶持力量是很強大的，會有自己的聚會所及飲酒場，橫向聯繫非常強，而且能獲得師傅授予的很多特權。

來到中世紀後期至法國大革命時期，由於師傅世襲制的演進，導致終生只能止步於工匠身分的人大增，夫妻共同打拼勞務的勞工階層也在此時誕生。在工業革命之前，工匠們都是優秀的手工業者，會進出各個國家部門。也因此無論在民間故事或童話裡，總有各類的工匠登場。

格林童話裡〈開飯的桌子、吐金的驢和自行跳出口袋的棒子〉這篇，裁縫屋的三個兒子就分別去當了木工、磨坊工、車工的學徒，後來獨當一面之後，他們的師傅就各自送給他們擁有神奇力量的桌子、棍子、驢子，讓他們踏上旅程。〈三個工匠〉這篇則是敘述進修完回到故鄉的三兄弟，各自展露自己優秀技藝的故事。

# 83

# 身上沒有跳蚤或虱子的人很少見嗎?!

中世紀時代的歐洲人並沒有沐浴的習慣。沐浴是為了清潔身體這種概念，到了十九世紀才有。在中世紀則比較接近入教會前的清潔儀式。例如女王每個月沐浴一次，就被認為是特別愛乾淨，也顯示了當時有多髒。

既然如此，一般庶民頭上有些跳蚤虱子什麼的，自然就見怪不怪了。而且還會一直忍到他們癢得受不了為止。

格林童話裡也有直接以〈虱子與跳蚤〉為題的故事。與其他動物一樣都透過擬人化，讓虱子先生與跳蚤小姐夫妻，很自然地在故事中登場。

不過這似乎也顯示了虱子與跳蚤兩種生物，似乎就與狗或貓一樣，是他們生活周遭隨時會出現的東西。

光聽著就讓人渾身發癢了啊！

# 第9章

# 格林兄弟之謎

# 84

# 格林兄弟的本業到底是什麼？

儘管格林兄弟身為全世界最知名的童話作家，但出人意料的是，他們的本業並非撰寫童話。而且恐怕本人們也都不認為自己是童話作家。那麼，他們原本從事的職業到底是什麼呢？

如果有人問格林兄弟：「你們的職業是什麼？」兩人肯定會異口同聲地回答：「學者。」事實上儘管曾一度中斷，但他們從哥廷根大學開始，都一直在大學的講台上執教。

雅各從馬爾堡大學中輟之後，成為黑森國陸軍省的書記補官，接著在一八二九年轉任至哥廷根大學，成為大學圖書館館員主官兼教授。弟弟威廉也在隔年的一八三〇年成為館員副主官兼助理教授。當年的哥廷根大學是歐洲最高學問機關之一，有許多知名教授在此任教。

兄弟因《德意志文法》、《德意志法古事志》、《德意志英雄傳奇》等著作而在學會內有知名度，但身分也不過是卡塞爾的選帝侯制遴選出來的圖書館館員而已。要成為大學圖書館的館員，必須具備教授資格，而兄弟倆本來不具備卻入選，是因為他們學問方面的實績受到認可。

一八三五年，威廉也升任正教授。雅各雖在該校教授文學史，但比起給學生講課，他似乎更專注於自己的研究。他寫給朋友的信中也提過：「上課沒辦法讓我快樂，還產生許多挫折。我從講課中學不到任何東西，在固定時間走上講台就好像演戲一樣令人不快。」

威廉除了講授「歷史與文學」課程之外，也接下了「中世紀德國詩」的課程，但因為身體不好經常停課。不過他不像哥哥雅各一樣討厭站在講台上，上課時似乎很愉快。

兄弟倆當了教授後，生活也逐漸穩定下來，後來卻因為反對漢諾威國王的反改革政策而被逐出教壇。

一八三二年之後，由於兄弟倆成為柏林科學獎的外部通訊會員，竟然獲得意料之外的貴人協助。普魯士國王招聘他們去當柏林大學的教授。同時因為他們在語言、文學、歷史方面的文章實績受到認可，因此被任命為柏林學士院的正式會員。

即使轉任到柏林大學，雅各討厭講課這點仍沒變，因此一開始抱持興趣前來聽課的學生，一個月內就減少了約三十人。連雅各自己都說：「我上的也不是必修課，應該無所謂吧！」威廉則是很熱忱地指導學生，成效也相當不錯。兩人開的課程都是著重史料及典故的類別，本質上比較無趣，不算什麼受歡迎的課程，但憑著人格魅力還是吸引許多學生來聽講。

雅各的神話學、文法、日耳曼學課程一直教授到一八四八年，六十三歲之後從教職退休。威廉則持續教授德國中世紀文學，至一八五二年六十二歲才退休。

# 85

# 宛如同性之愛？雅各與威廉之間強烈得近乎危險的兄弟之愛

「哥哥走了之後，我還以為我的心都碎了，簡直無法忍受。哥哥一定不明白我有多麼愛你。我甚至在晚上獨處的時候，認為你會從房間角落向我走來。」

當哥哥雅各為了去協助自己導師——歷史學教授薩維尼進行研究，而必須短暫居留巴黎時，十九歲的弟弟威廉給哥哥的信寫著上述內容，看上去宛如寫給情人一般。

而哥哥雅各的回信如下：「從今以後，我們兩人絕對不會再分開。如果有人想要帶走我們其中一人，另一人一定要立刻反對。因為我們已經太習慣共同生活，如果只剩下一人，會悲傷至死。」

雅各與威廉之間只差一歲，終身都對彼此抱持深厚的兄弟之愛。其實格林家六兄妹的感情都非常好，但這兩人又最為特別。

格林兄弟的父親是法學專家，在德國哈瑙鎮擔任律師，後來成為施泰瑙伯爵領地的主務官兼法官，那時雅各年僅六歲，威廉五歲，在之後五年左右過著無憂無慮的幸福日子。兄弟兩人後來也終生都很緬懷回顧這段時光。

但幸福並沒有持續太久，一七九六年，原是全家靠山的爸爸，年僅四十五歲就病死了。一家人也因此陷入最窮苦的泥沼中。十一歲的雅各與十歲的威廉，必須要幫助母親撐起全家重擔，但年幼的兩人其實無能為力，沒多久全家生活也變得窮困潦倒。

十一歲的雅各寫信給在黑森國宮廷當女官長的阿姨荷莉葉・齊茉（Henriette Philippine Zimmer），請求她能協助格林一家。荷莉葉阿姨既單身且擁有女官長的職銜，因此經濟上相對寬裕，待人也相當和善。她收到雅各的信之後很感動，立刻答應幫助他們，持續地援助格林家。格林兄弟能去上大學，闖出一番事業，也都多虧有了這位阿姨的幫助。

當時他們一家居住的施泰瑙鎮沒辦法提供太完善的教育，因此阿姨把雅各、威廉叫到黑森首都卡塞爾，讓兩人就讀當地的高中。

於是兄弟兩人告別了母親與弟妹們，到卡塞爾的高中入學。兩人很努力勤奮地學習，希望能快點工作幫助母親。兩兄弟成績優異，在十七歲那年就能跳級進入馬爾堡大學。儘管威廉因為用功過度而患上氣喘的毛病，兄弟倆還是在彼此扶持之下畢業了。

在心思敏感的十歲出頭就喪父，兩人一起走過幫助母親的辛酸青春期，這段經歷讓僅差一歲的兄弟更團結一心。接到哥哥從巴黎寫來的信，弟弟也回信說道：「哥哥信裡說我們未來一輩子用不分離，這讓我感動至極。這正是我一直以來的夢想。沒有人能像哥哥一樣愛我，我也一樣打從心底深愛哥哥。」

母親過世之後，么妹夏綠蒂照顧著幾個哥哥，當雅各及威廉被趕離哥廷根大學教授之職時，最小的弟弟路德維希也收留了兩人到自家裡。這些都顯示他們兄弟妹之間的愛很深厚，但雅各、威廉兩人之間的連結仍遠大於此。

兩人之間的羈絆如此之深，看起來似乎是因為父親死後必須遠離家園苦學的環境所逼，同時也是對失去故鄉產生的補償作用。兩人也如他們年輕時所許的願一般，直到弟弟威廉病死之前，終生都生活在一個屋簷下，同心協力完成創作的各項工作。

## 86

# 雅各．格林一輩子單身的原因

格林兄妹數人裡，四個弟弟與么妹各自婚嫁成立家庭，但長男雅各卻不知為何終身未婚。當時的朋友們似乎也對他的單身生活感到難以理解，甚至會開玩笑說「雅各過度忙於研究及著作，就連結婚的時間都沒有」。

弟弟威廉曾形容哥哥是「勤奮努力有鋼鐵意志的人」，雖然有點惋惜他缺乏社交手腕且頑固又乖僻，但除了這點外，內心卻非常柔軟，個性也颯爽陽剛。雅各曾經兩度榮任德國文學會議議長，且還被選為國民議會的代議員，由這些點看來，他也廣受許多朋友支持，絕對不是孤僻獨善其身的人。儘管他對待女性有其消極的一面，但包括浪漫派才女也是當時享譽盛名的貝蒂娜（Bettina von Arnim）在內，雅各的女友並不少。他在卡塞爾時，也主導了有許多女性加入的「週五花環」讀書會。

當時雅各也曾向母親那邊的遠親露意絲．布拉費雪（Louise Bratfisch）求過婚。可是露意絲當時在宮廷裡工作，是黑森公爵家的女官，不願意辭職，因此拒絕了雅各的求婚，讓兩人婚事告吹。一般來說之後雙方的關係可能會很尷尬，但他們兩位後來仍是相當好的朋友。

一八二五年，已屆三十九歲的威廉與相識許久的朵蘿西亞（Henriette Dorothea Wild）結婚。這位朵蘿西亞，就是曾給格林兄弟講述〈糖果屋〉、〈荷勒太太〉等民間故事的老朋友朵蓮（朵蘿西亞的暱稱）。雅各把朵蓮當成自己的妹妹般愛護，即使在威廉結婚之後也與他們住一起，把錢財都交給朵蓮管理，非常信任她。

就連威廉與朵蓮生的三個孩子都跟他很親，還喊他「大爸爸」。社交能力低且頗為頑固的雅各，卻會對孩子們講笑話、陪他們玩，同時也很照顧孩子。

雅各會終身未婚，一般認為是因為他本來對女性態度就很寡淡，再加上想結婚的對象露意絲・布拉費雪拒絕了他的求婚。除了露意絲之外，再沒有出現其他女性讓他願意離開最愛的弟弟一家去結婚了。

# 87

# 格林兄弟兩人的個性正好相反？

雅各與威廉兩兄弟之間相差一歲，除了雅各先去上大學的一年，以及兄弟其中之一出門旅行等片段時間之外，他們在同一個屋簷下生活了一輩子。

感情如此深厚的兄弟的確難能可貴，不過兩人的個性可說是南轅北轍。哥哥雅各十一歲、弟弟威廉十歲那年，他們失去了父親，不得不代替父母照顧年幼的弟妹們。個性強勢的長兄雅各自然而然扮演起父親的角色，溫柔的威廉則擔負起母親之職。

雅各的五官身材皆顯得緊繃削瘦，外表看起來很優雅，但內心堅韌且行動可靠俐落。當時德國的鐵路網還不普遍，他卻能克服這樣的困境出國旅行七次。本職雖是大學教授，但卻比起給學生講課，他對自己的研究更為專注熱情。

因此雅各在研究著作上的成績相當全面。儘管韌性十足的性格經常被誤解為頑固，本質上卻是非常善良好心的人。雖然因為與反動政權槓上而被趕出哥廷根大學，卻一躍成為主張學術自由的七教授裡的中心人物。其後更成為德國文學會議的議長、法蘭克福國民議會的代議員等，留下不少耀眼成績。

另一方面，威廉長得高大，臉跟身材都有點福態。因為身體不好所以動作很緩慢，跟雅各精神奕奕的言行舉止形成對比。雖然在工作方面會發揮專注力，但可能知道自己身體不好，所以其他行動都不太積極。僅專心地在大學教課並認真做研究，沒什麼公開對外的活動，當然也沒去旅行。

個性強悍的雅各不畏孤獨，似乎覺得埋首在書籍中更能擁有超越世俗的幸福感。威廉則是組織了家庭，成為丈夫與父親，體會著有家的喜悅與煩惱。

儘管兄弟兩人感情很好，經常一起行動，不過最能呈現兩人個性上不同的象徵，就是散步的方式。雅各會腳步急促地來回走動，威廉因為身體病弱，所以總是慢慢踱步。從這對比強烈的散步方法，就可以看出感情融洽的兩人光是散步就會終生不同了。

## 88

# 童話作家格林兄弟令人意外的政治參與

格林兄弟中壽命較長的雅各生於一七八五年，卒於一八六三年。這段時間發生了法國大革命，接著歷經拿破崙征服全歐洲、拿破崙殞落、七月革命、普魯士與奧地利之戰等，是民族主義高漲的時代。兩兄弟的青年時期，德國被拿破崙軍隊征服而受到法國統治，過著痛苦的日子。

總算恢復獨立之後，分裂成許多小國家的德國響起了統一的呼聲。在這樣的時代背景之下，許多民眾當然成為擁有強烈愛國心的愛國人士，格林兄弟的愛國情操當然也不落人後。威廉由於身體不佳，因此除了學術生活之外很少參與其他活動，但活力旺盛的雅各卻也相當積極從事學術之外的領域。

一八四六年，自由城市法蘭克福召開第一屆德國文學會議，雅各當然也出席了。這場會議的目的是藉著振興精神層面，來協助祖國統一並復興政治。雅各在席間表示：「德意志自民族大遷徙以來，就有許多英雄輩出，更反覆成為重要戰場。我們的使命就是透過學問讓德意志有更好的發展。」

一八四八年，雅各成為維也納學士院的名譽會員，也被選為國民議會的代議員。當時，民眾因民族統一的機會很高而使情緒很高昂。雅各等人也都很積極地參與政治。

雅各積極勸說當時在丹麥王統治下的德意志人居住區石勒蘇益格、霍爾斯坦兩地，應該要加入德意志聯邦，後因意見不被接受而辭去代議員一職。

雅各支持帝政，是因為其主張以有實力的普魯士為主體進行全國統一，這也是最有可能實現的方式。可是到了晚年，他卻對帝政帶起的反動立場批評道：「我的年紀越大，就越有民主之心。如果我有機會再次出席國民議會，我想協助德國民主化。」

在雅各一八四八年親手撰寫的《德語的歷史》一書的序文中，便熱情地寫下他的愛國之情：「我們衷心希望現在分裂得極不自然的德意志，將基於國民的自由進行統一。」而這對兄弟對祖國的熱愛與對國家統一的夢想，都不時地會在格林童話中表現出來。

# 89

# 比童話更戲劇化？格林兄弟的貧窮辛酸故事

前面我們提過，格林兄弟在雅各十一歲、威廉十歲時便失去了父親。原本他們被迫要在完成初等教育之後就出社會工作，幸好有任職黑森王國女官長的阿姨協助，才能繼續就讀卡塞爾的名門盧茲高中。一進入盧茲高中就讀，代替父親照顧他們的祖父也病死，全家的未來重擔全都落在雅各與威廉兩兄弟肩上。

兩人把阿姨寄來的學費省下部分來留給家人，因此每天都過得相當拮据。他們同住在一間狹小的租賃宿舍裡，床也只能共擠一張。由於格林家的社會地位並不算高，想就讀馬爾堡大學還必須得到特別許可。進入大學之後，眼看著富家子弟能夠獲得獎學金，相較之下成績優異的他們仍要自己賺取教育費用。他們很努力地去協助教授或助理教授的研究，還幫同學跑腿，做各種打工賺取生活費。其他學生在酒館裡喝酒時，他們兄弟在宿舍裡讀書，連像樣的衣服都買不起，身上一件將就著一直穿。

一八〇六年，雅各終究還是因為生活太困頓而從大學輟學，回到已經遷居卡塞爾的家人們身邊，當了黑森國陸軍省的書記補官。微薄的薪水，讓必須養家的雅各沒辦法過得太寬裕。

威廉大學畢業之後就取得法學學位，但因為成長期的營養不良而患上氣喘的毛病。雅各一邊養家一邊繼續研究，一八一一年出版了《古老德意志的職匠歌》一書。威廉也出版了《古老丹麥的英雄歌》、《古老故事與童話》、一八一二年則出版了兄弟共同著作的《第八世紀兩首最古老的德意志之詩—希爾德布蘭特之歌，以及韋索布倫的祈禱》、《格林童話集》第一冊。然而，兄弟倆的研究類書籍銷售量沒有好到可以抽版稅，有指望的童話集又被出版社佔便宜，除了寫稿的錢之外幾乎沒收到任何利潤。

這時候的威廉寫了一封信給卡塞爾的阿姨，表明自己家的生活實際上有多困頓。信內寫著：「我們一家五口一天只能吃一餐，每餐分食三人份的餐點。因為如果吃了早餐，就會撐不到下午五點晚餐時間，我們只能先選早餐的其中一樣不吃，先留著晚一點吃。雅各會吃完早餐，之後他就什麼都不吃了。我們總是一杯咖啡一個麵包就解決。砂糖太貴我們買不起，所以我們不喝茶。而且沒錢也不容易買衣服，我們總是把沒破的衣服一穿再穿。」這貧窮程度不禁讓人感慨他們居然沒有因此營養失調。

在這麼貧困的生活中，兄弟還是陸續出版了《德意志傳說集》（共同著作）、《德意志文法》、《德意志法律古事誌》（皆雅各著）、《德意志英雄傳奇》（威廉著）。後來兄弟兩人雖然成為哥廷根大學的教授，卻在一八三七年拒絕立誓對漢諾威國王絕對服從，又被趕出學校。結果格林兄弟的貧困生活，一直到弟弟妹妹們各自獨立後才獲得改善。

# 90

# 遭到嫌棄仍然拼命！收集童話過程的笑與淚

格林兄弟兩人分工合作去收集民間故事。

為了童話寫作的材料而去收集流傳於民間的傳說故事，這份工作不僅耗時，也必須仰仗許多人的善心協助。許多人是像維爾托家的格雷琴或朵蘿西亞那樣，會主動提供故事。不過也是有人因為格林兄弟為求得故事逼得太緊而心生不悅。

尤其是擁有學究精神的雅各，想把收集來的民間故事當成民俗學上的學術資料，所以經常會對提供故事的人提出許多問題讓他們不知如何回答。在他們的妹妹夏綠蒂要旅行馬爾堡之際，也委託妹妹去向當地一位喜歡說民間故事的老太太打聽，但夏綠蒂一則故事都沒打聽到就回家了。

兩兄弟因為妹妹的辦事不力而感到生氣，後來就由威廉親自前往馬爾堡。可是威廉用盡心力也只從那位婆婆身上打探出兩則故事。因為老婆婆覺得大人會喜歡古老故事很奇怪，覺得肯定不是什麼正經人，不想那麼爽快地提供協助。

或許是有了這方面的限制，格林兄弟收集民間故事的範圍，便只限於向熟悉的家族或女性打聽了。提供民間故事的男性很少，可能也是因為在當時男人的想法中，民間故事是相當低層級的文化遺產吧！少數提供故事的男性裡，有一位曾為龍騎兵中士的克羅斯先生。他是一位七十高齡的老人，給格林兄弟提供了〈老狗蘇爾坦〉、〈金山王〉等故事。兄弟倆為了酬謝老人送他們故事，於是回贈了自己的舊衣服。從老人給予的謝函中可知，對於不認識的說故事人，兄弟倆人即使家計困頓仍會想辦法送一點小禮物。

只要是可能知道民間故事的熟人無論住遠住近，或是有來往的人，兩兄弟都會逼他們說故事，有不少人還因此什麼話都不肯跟他們說了。有次兄弟倆一聽老朋友保羅・維根喜獲麟兒，就要求他說：「你肯定會請奶媽來照顧小孩，一般那樣的女性都很瞭解古早故事或民間傳說，你幫我問出來。」

於是維根就向他雇來的乳母打聽，對方卻完全沒聽說過什麼民間故事。不知該怎麼交代的維根，只好拼拼湊湊地交給格林兄弟二則故事。但這兩則的其中之一不僅不是德國民間故事，還是出自於一千零一夜的阿拉丁神燈，讓兄弟倆只能哭笑不得。

# 91 支持他們製作童話集的弟妹們之樣貌

格林兄弟原來共有九位。

在黑森國的哈瑙當律師的菲利普·威廉·格林，與黑森國官吏齊默的女兒多蘿西婭談了一場簡單的戀愛之後，於一七八三年二月在當地結婚。這兩位就是格林兄弟的父母。菲利普與多蘿西婭共同建立幸福美滿的家庭，在十三年的夫妻生活中生下了九個孩子。

其中長子、七男、八男都因病早夭，因此第二個出生的雅各成了長子，第三個出生的威廉也成了次男。兄妹裡順利長大成人的還有三男卡爾、四男費迪南、五男路德維希以及長女夏綠蒂共六個孩子。從雅各到費迪南都各相差一歲，路德維希差費迪南兩歲，小女兒夏綠蒂則比路德維希小了三歲。

六兄妹的感情非常親密非常好，在極為優秀的雅各與威廉之下的兩個弟弟較為平庸，卡爾一邊經商一邊進修，後來靠簿記人員及英法語教師的工作養活自己，終身未婚。

費迪南因為寫字好看，在兄長的介紹之下到出版格林童話的柏林萊默書店上班，負責文書、校正工作。他對格林兄弟著作的《德意志傳說集》貢獻度不小，讓雅各在該書的序中寫道：「感謝弟弟費迪南等人。」但他個性只有三分鐘熱度且隨性，在經濟方面總是需要兄長們的支援照料。

小兒子路德維希擁有繪畫才能，後來也成為卡塞爾美術學校的教授。在雅各與威廉被趕離哥廷根大學時，還收留並照顧他們免於流落街頭。他除了保留了很多格林兄弟的肖像畫，也畫了許多身邊的德國浪漫派人物的畫像。其中他為詩人朋友海涅所畫的肖像畫，完成度相當好，也深獲好評。

路德維希小時候據說是非常調皮的小孩，但長大之後成為相當親切喜歡他人的人物。哥哥威廉曾在著作中形容「沒有人會不喜歡他」。兄妹們兒時家裡所雇的幫傭老太太，在見到成為美術教授的路德維希時，還喜極而泣地說：「小時候最野的路德維希小少爺，變得好優秀啊……」

根據威廉的兒子海爾曼·格林的說法，路德維希替格林童話畫了不少幅插畫，不過放在童話集內頁一起公開的部分，就只有收錄於再版作品中的〈兄與妹〉和縮刷版裡刊入的七張而已。插畫數量少，應該是因為他是專畫自然風光與人物畫像的畫家，本業並非插畫。

么女夏綠蒂是他們兄妹之間唯一個女孩，哥哥們都以「綠蒂」的小名喊她，也很疼她。綠蒂與曾任卡塞爾政府高官的約翰尼斯・哈森佛魯格（Johannes Hassenpflug）的女兒是朋友。哈森佛魯格家的女兒們都知道格林兄弟所收集來的許多民間故事，也很熱心地幫助他們收集童話。尤其他們家的長女瑪麗非常會說故事，很討格林兄弟喜愛。次女珍娜（Jeanette）也很熱衷收集童話，收集了許多則童話提供給格林兄弟。綠蒂在三歲就失去了父親，十五歲又喪母，父母雙亡之後就一直待在都是哥哥的家裡努力地幫忙做家事。

格林家與哈森佛魯格非常的親，瑪麗的弟弟路德維希・哈森佛魯格（Ludwig Hassenpflug）也經常往來格林家。後來這位路德維希與綠蒂逐漸培養出愛意，在綠蒂二十九歲那年，兩人便結為連理。

而這位路德維希深受格林兄弟的影響，也去復刻了古老德意志的惡漢小說（picaresque novel）。此外身為官吏的能力也相當好，年紀輕輕三十六歲便出人頭地，兼任黑森國的內務、司法兩處的大臣。不過他的政策極端地保守，與崇尚自由主義的格林兄弟觀念不合，於是後來雙方關係就疏遠了。

## 92

# 安徒生與格林兄弟之間的微妙關係

丹麥作家安徒生從三十歲起便花費約四十年，創作了大約一百五十篇童話，包括知名的〈醜小鴨〉、〈賣火柴的少女〉、〈人魚公主〉等。他的故事大多都是透過他身為作家的洞察力與內化的經驗所撰寫出來的原創。從這一點來看，與收集民間故事及傳說並加以整理的格林兄弟，在創作形式上有根本的差異。

安徒生比格林兄弟晚生二十年，在同為創作童話的領域上，也相當尊敬格林兄弟。儘管丹麥與德國的邊境相鄰，但以當時的國際形式與交通條件來看，並不能頻繁地造訪往來。

安徒生在一八四四年與格林兄弟見面，那是他第一次住柏林時。這年安徒生三十九歲，格林兄弟的雅各已經五十九、威廉也五十八歲了。安徒生在自傳中寫道：「如果說在柏林有誰認得我的話，我相信那一定是格林兄弟吧！」然而現實是殘酷的。

當年的安徒生已經出版小說《即興詩人》、《沒有畫的畫冊》以及數篇童話作品，有了知名度，所以深信格林兄弟肯定也認識自己，便沒帶任何引見函就前去拜訪格林家。結果當時出來開門的是雅各，聽了安徒生的名字也只說了：「我沒聽過你的名字，請問你寫過什麼呢？」

如果當時是比雅各還熟悉童話的威廉來開門，或許還聽過安徒生的名字吧！結果這場初次見面就在尷尬的氣氛下結束。但在不久之後雅各瞭解狀況後，想到安徒生當時的心情，便在幾週之後前往哥本哈根的安徒生家拜會他。

後來在一八四五年安徒生前往柏林時，威廉也以老朋友的身分和他見面，還說：「你之前來柏林時如果來找我，我肯定會招待你啊！」但由於雙方對童話的思維完全相反，實在無法成為交心的朋友。

威廉曾把兒子海爾曼所記下來的童話〈豌豆上的公主〉收錄在一八四三年出版的格林童話（第五版），並更改標題為〈豌豆的考驗〉。後來得知這篇故事是安徒生所創之後，便從一八五〇年版中刪除了。格林童話是以民族傳說、民間故事為基礎，相較之下都是原創故事的安徒生童話，或許對他而言並沒有刊登的價值吧！

# 93

# 格林兄弟的晚年生活

格林兄弟到了晚年，雅各與威廉都住在柏林編纂《德語辭典》。一八五九年秋天，威廉出門做了一趟短期旅遊，但一回家就病了，只能臥床療養。他的病讓他背上的腫瘍惡化，到了十二月病況更糟糕。

他的兒子海爾曼趕忙把前往漢堡旅遊的雅各請回來，同時又對住在卡賽爾的畫家么弟路德維希說，請他寫封信來鼓舞自己父親。

威廉的病況有一度稍微好轉，但到了十二月十六日卻急轉直下，過世時享壽七十三歲。

威廉的死讓雅各深受打擊。他寫信給協助編纂《德語辭典》的維根教授說：「威廉走了，我也死去了一半。」他也寫信給學生，也是一名文獻學者蓋德凱說：「我們從小就是一體，對我而言，現在宛如所有的聯繫都被剪斷了。」

雅各更在威廉死後，在自己的聖經內頁封面上寫下：「不久之後我將追隨我最愛的弟弟而去，長眠於他的身旁吧！就像我們生前幾乎都在一起那樣。」只是雅各身體健康，並沒有這麼容易死去。

一八六三年四月，么弟路德維希過世。六個兄妹中，只剩下長兄雅各仍在世。這時他已經七十八歲了，忍受著孤獨努力寫書、演講。一八六三年秋天他又出門旅行且平安回到家，之後卻因感冒引發肝臟發炎而臥床。

後來在生病時又發生血循障礙導致半身不遂，直到一八六三年九月二十日，七十八歲的他與世長辭。

後人遵照雅各遺言，將他與最愛的弟弟同葬在柏林的馬提墓園。這位偉大的童話作家之墓，樸素的墓碑上只寫了姓名及卒年，跟弟弟威廉的墓碑就像雙胞胎一樣並排佇立。

# 第10章

# 有趣的格林童話相關軼聞

## 94

# 消失的「另一個格林童話」之謎

格林兄弟發行第一本童話集的時間，是一八一二年初。

可是在當時的三年前，卻有位名為阿爾伯特・路德維希・格林也出版了一本童話集《兒童的童話》。這位A・L・格林與格林兄弟完全沒有任何關係，只是個同姓氏的人。由於《兒童的童話》價格便宜，導致後來才發行的格林兄弟作品被搶了市場，銷量也變得不太好看。

A・L・格林一邊在高中執教，一邊收集童話整理成冊，在一八〇九年發行了他的第一本書《兒童的童話》。他與格林兄弟的弟弟威廉同年，也和他們一樣跟德國浪漫派文學家有過交流。雖然後來幾年便出現了極大差距，但一開始的作品與格林兄弟一樣都是暢銷書籍，銷量也都平手。

相同時代的知名作家赫曼・赫塞（Hermann Hesse）的夫人妮儂・赫塞（Ninon

Hesse）所編纂的作品《格林之前與之後的德國童話》的第一部〈格林之前的童話〉裡，被提到最多次的就是A．L．格林的作品，在解說及介紹方面都抱持著正面評價。他所著的《兒童的童話》，於一八四〇年加入畫家波奇的插畫之後再版販售。此外，由他在一八四〇年所編譯的《一千零一夜的童話》，也在經過一世紀後，於第一次世界大戰後出版且還印刷了十二版，必須說他也是有才能且還能維持人氣的人。A．L．格林的作品還有諸如《聖經故事》、《專為兒童打造的童話文庫》等，對於兒童文學的貢獻不容忽視。以現在的角度來看，A．L．格林的第一本著作《兒童的童話》無論質量儘管都乏善可陳，但過了半世紀仍能受讀者喜愛。而格林兄雖然有注意到A．L．格林的童話集，但似乎覺得自己的作品性質跟他完全不同，所以不太在意。

無論如何，這時期有多位作家發表童話集，也是搭上了民族文學寶藏如民間故事及童話的收集、刊行熱潮。

那麼，同性質的兩部作品，格林兄弟的作品成為不朽名作流傳後世，相對之下A．L．格林的作品卻淹沒於歷史洪流之中，這又是為什麼呢？答案很清楚，格林兄弟的作品簡單扼要，具有文學價值。相較之下A．L．格林的文章冗長且過份強調教訓的部分，才因此逼走讀者，逐漸被人遺忘。

# 95

# 德國在十九世紀初興起童話熱潮的原因

早於格林兄弟之前，在法國出版童話的佩羅，是十七世紀後半相當活躍的佩羅四兄弟中的老么。他受到十七世紀末流行的妖精故事之刺激，蒐集民間傳說當作材料，於一六九七年寫了〈睡美人〉、〈穿長靴的貓〉、〈灰姑娘〉、〈小紅帽〉等童話。這是格林兄弟童話集發行之前一百五十年的事了。

佩羅的童話，從好的壞的各方面都微妙地影響了格林兄弟。例如初版格林童話集裡刊載的〈穿長靴的公貓〉就是以佩羅的故事為基礎寫成，但再版時就刪除了。因為這對兄弟相當固執，堅持要使用德國民間傳說故事來彙整成童話集。

格林兄弟與安徒生之間也有類似的例子。格林兄弟在童話的第五版裡曾刊載過一篇民間故事〈豌豆的考驗〉，後來得知這是安徒生原創的童話之後，便於次一個版本刪除了。

格林兄弟和安徒生的創作，除了受到佩羅童話的影響之外，還能看出瀰漫在社會大眾之間的民族意識帶來的影響。以法國革命為分水嶺，歐洲的民族意識忽然傳向社會大眾。到中世紀為止，國家是王公貴族的所有物，與一般人民無緣無關。但隨著商業資本發展與手工業的興盛，社會大眾之間誕生出資產階級，他們也開始有了國家意識。

在資產階級掀起的革命成功之後，法國為了抵抗周邊國家群對革命結果的干涉，遂結成國民軍。國民軍對決聯軍的過程中，誕生了拿破崙。拿破崙橫掃歐洲，反而刺激被他所統治的人民產生國家意識，讓他們積極採取行動，在文學世界中重新發掘自己國家的古老傳說及民間故事。

這波浪潮也推向德國，除了關注先進歐洲文化之外，也開始追求德意志文化的獨特性。十八世紀末到十九世紀初是德意志文化的鼎盛時期，期間歌德、席勒、海頓、莫札特、萊辛等偉大藝術家陸續登場。德國藝術反映了德國獨特的文化，以獨特的方法展現獨特的精神。A・L・格林及格林兄弟出版童話的行動，也是這一波狂飆突進運動（Sturm und Drang）之下的時代產物。

## 96

# 格林童話到底打算寫給誰看？

以現代來說，只要提到「童話」一詞，就是指專門寫給孩子看的故事總稱。不過「童話」還是有狹義與廣義的差異，也會因為時代變遷而有不同的解釋。格林兄弟出版童話集的當時，雖然有將兒童納入對象讀者的一環，但真正的目標讀者，還是民族意識覺醒的資產階級以及女性。

到了現代，格林童話已經與聖經一樣成為全世界最暢銷的書籍之一，深受各地兒童喜愛。但在十九世紀前半，一般民眾教育並沒有現代普及，因此根本不會考慮出版以兒童為目標讀者的書籍。畢竟當時有閱讀習慣的人，只有貴族、官吏、富有的商人階級而已。

事實上，在格林兄弟收集民間故事時提供資料的人，多是有教養的資產階級的女性們。為一八一二年初版作品提供民間故事的維爾托家的女士們，則是經營藥局的富裕家族，更有學者血統。此外，書中所介紹的幫傭瑪麗太太，事實上是哈瑙市的市長約翰尼斯・哈森佛魯格家的女兒瑪麗．哈森佛魯格與她的姊妹們。

其他提供民間故事的人還有牧師的女兒，以及提供第二版民間故事的哈克森男爵（Werner von Haxthausen）的妻子瑪莉安妮（Marie Anne）和女兒們。當時被譽為德國最優秀女詩人的安娜．德羅斯特．休斯霍夫（Annette von Droste-Hülshoff），也是哈克森家的親戚，同樣在格林兄弟收集民間故事方面提供了協助。

提供童話的多為資產階級的女性，是因為她們經常給孩子們唱搖籃曲或說故事，很懂得如何將母親或祖母告訴她們的故事，詳盡地說出來。

格林童話出版的目的，應該就是為了讓資產階級的女性能讀給孩子們聽。初版中標題為「獻給阿爾尼姆夫人和小約翰尼斯．弗萊門」的序文長達二十頁，內容記載了格林兄弟在收集過程的體驗與見識，可知肯定不是專為兒童而寫。再加上在本書後記中推薦童話的歷代文人的證詞，可看出故事內容應該是連成年男子都會卻步的論文風格。

格林兄弟當時會推出童話集，本意是想讓民族意識高漲的資產階級去閱讀。演變到現在成為兒童讀物，也是因為學校教育完善，再加上時代進步，於是成為兒童讀物版本並逐漸普及化了。

# 97

# 《格林童話集》出版時的評價如何？

在格林兄弟之前出版的各種民間故事集或童話集，雖然提高了大眾的知識水準，但在啟蒙方面缺少趣味性也是這些書的缺點。

當時多數的民間故事收集者，單純只將這些故事當成材料，在其上加入了許多架空與想像，使得編出來的故事與原貌差異極大，已經可算是原創了。

例如比格林童話早三年出版的《兒童的童話》，是由同姓氏的阿爾伯特·路德維希·格林所著。他就是在原題材上放飛想像力，徹底曲解了民間故事原本的樣貌。

相對之下，格林兄弟的作品剛發表就能受到極高評價，也是因為他們盡可能地以最單純的形式去呈現童話。在發行初版與第二版時，格林兄弟不僅強調他們完整無誤地記錄下民間傳說，同時在表達方式及敘事口吻上，也盡量只用短句子作連結。

在格林兄弟出版前的童話，都是接近創作與大幅改編故事，結尾更是注重對做壞事的訓誡之意。相對之下，格林兄弟的作品是直接觸及讀者的內心。結果就是除了格林兄弟的作品之外，讀者很快就會看膩，而格林童話則穩固了讀者客群。

此外，每次改版時所修訂的內容也是重點。

雖然在初版階段就已經將口語化的民間故事用文章式來呈現，尤其是弟弟威廉在撰寫時的筆法很接近創作，但兩兄弟堅持不扭曲民間故事本質的態度，還是獲得了大多數讀者的認同。

在民間故事中，以方言來講述的篇章也不算少，不過格林兄弟都會改寫成標準德語。改成標準德語的缺點就是會失去方言的優勢，因此這樣的改動也盡量降到最低限度，以單純樸素且親民的方式呈現才能獲得成功。

在格林兄弟前後期的許多民間故事及或傳說集，分別是由許多作者撰寫初版，其中大多數都已經消失在歷史黑洞裡了。只有格林兄弟的作品，至今不只在德國，更在全世界深受喜愛，這麼一想，就知道格林兄弟所採取的作法是正確的。

98

# 格林童話是什麼時候被介紹到日本的？

格林兄弟的童話在日本首次出現於一八七八年。當時是東京集成社出版，由桐南居士所著《西洋古事　神仙叢話》。發售時的定價是四十錢，書中收錄了十一則童話，文言的寫作風格適合成年人閱讀。

當時的譯者桐南居士本名菅了法，是畢業於文科大學（今東京大學文學部）的學士，後來當選了代議士後開始從事政治活動。他在《國民之友》雜誌的愛書調查中，也回答了格林童話。

明治維新之後，國外文藝順勢走入日本，童話當然也不例外。不過格林兄弟的作品出乎意料地很遲才介紹至日本，尤其在兒童讀物方面，《伊索預言》或《一千零一夜》等譯本還比格林童話早十年，就連朱爾・凡爾納（Jules Gabriel Verne）的冒險科學小說都比格林童話還領先好幾年引進介紹。

繼桐南居士的作品之後，一八八九年，後來相當知名的日本語學者上田萬年翻譯了〈大野狼〉，以《家庭叢書第一》為名出版。這篇作品是上田畢業於帝大（今東京大學）之後隔年便發表的，從標題可以猜到，就是格林童話的第五篇〈大野狼與七隻小羊〉。

上田於發表這篇作品之後的隔年（一八九〇年）就前往德國留學，推測他應該是想找篇德語著作來翻譯才進行。而且不同於桐南居士，他翻譯作品的用字遣詞較適合兒童閱讀。除此之外從一八八八年至八九年間，兩本兒童雜誌《小國民》、《女學雜誌》上，也都刊登了幾篇格林童話的譯文。作品包括〈青蛙王子〉、〈忠誠的約翰〉、〈機靈的漢斯〉等。格林兄弟的故事作品在日本多翻譯成童話文體，不過也是有些譯作將其解釋為「西洋妖怪奇談」，視為成年人的娛樂書籍。

直到一九二四年，日本才發行了完整二百篇的的格林童話全譯本。

在世界童話刊行會所出版的《世界童話大系》第二、三冊裡，收錄的金田鬼一譯版德國篇《格林童話集》便是完整版。後來修訂之後，於一九二九年由岩波文庫推出全譯本格林童話集，之後便延續至今。

# 99 福澤諭吉見過格林兄弟？

格林兄弟生活的時代，是日本歷史上德川第十代的家治將軍至第十四代家茂將軍在位的時代，也是幕末至開國的時代。從日本長期鎖國的情況來看，格林兄弟應該沒有太多與日本相關的知識。不過歐洲人似乎知道極東方有個名為日本的國家，格林兄弟似乎也對日本感到興趣。

例如，一名俄羅斯船長戈洛夫寧（Vasily Mikhailovich Golovnin）在日本遭到長達二年三個月的拘留，因此寫下《日本幽囚記》一書。格林兄弟讀了這本書的德語譯本，還介紹給好友們看。此外，雅各也在自己的著作裡，引用了德國醫師肯普法所寫的《日本誌》裡記載的事項。

雅各在自己的著作《德國法律古事誌》裡引用的內容為「日本人知道利用火來判定犯罪的方法，也有可以證明清白的飲料」，這是肯普法的《日本誌》裡所記載的「深湯之法」，以及喝了熊野牛王護符之水就能知道有罪無罪。

此外還有更耐人尋味的事實。兄弟中最為長壽的雅各，在晚年時也接受了日本人的造訪。這是威廉的長男海爾曼．格林因負責照顧晚年的雅各，因此在回想記中記載了此事。

海爾曼回想記中所記錄的內容只有寥寥幾句：「日本使節們訪德期間前來造訪雅各．格林，雅各與使節們用荷蘭語溝通」，至於是哪一類的使節，又聊了什麼等細節完全沒提及。此外，跟雅各談話的日本人又是誰？是何姓名等，也都沒有載明。只是海爾曼的母親，也是雅各的弟媳、威廉之妻朵蘿西亞遺留的信中也曾提過「三名日本人的來訪讓雅各與我都很高興」，所以此事應該不假。

雅各在一八六三年於柏林逝世，在此前一年的一八六二年，日本遣歐使節團在柏林停留了十八天。由竹內下野守保德擔任正使，其所帶領的遣歐使節們的行動內容，都由副史松平康直詳細記錄在《幕末遣歐使節航海日錄》裡，所以他們的確曾停留在柏林十八天。日可以看到一行人裡有兩個名字福澤諭吉跟福地源一郎（號櫻痴），身分都是翻譯人員。日本幾乎所有使節們都不會說德語或荷蘭語，跟雅各見面溝通肯定需要透過口譯人員。

事實上，海爾曼的回想記裡所寫的也是複數人稱「日本的使節們」。我們推測或許是福澤諭吉、或是後來在明治時代媒體界活躍的福地源一郎，擔任雅各與使節見面時的口譯

人員吧……

當年的雅各，是德國人文科學界的代表性人物，也是學士院的會員，因此日本使節為了學習德國人文科學的現況，會求見雅各也是裡所當然。然而日本使節所留下來的資料裡，沒有任何文件能證明他們拜會過雅各。

此外，在福澤的知名自傳《福翁自傳》中，雖記載了在柏林參觀過外科手術，卻沒有任何關於拜會雅各的記事。

## ●参考文献


《グリム童話－メルヘンの深層》鈴木晶／講談社現代新書

《グリム兄弟　魔法の森から現代の世界へ》ジャック・ジャイプス、鈴木晶訳／筑摩書房

《グリム兄弟》高橋健二／新潮選書

《グリム兄弟・童話と生涯》高橋健二／小学館

《グリム兄弟とアンゼルセン》高橋健二／東書選書

《グリム童話の誕生　聞くメルヒェンから読むメルヒェンへ》小澤俊夫／朝日選書

《グリム童話の悪い少女と勇敢な少年》ルース・ボティックハイマー、鈴木晶・他訳／紀伊国屋書店

《グリム童話ーその隠されたメッセージ》マリア・タタール、鈴木晶・他訳／新曜社

《もうひとつ余計なおとぎ話》ジョン・M・エリス、池田香代子・薩摩竜郎訳／新曜社

《愛と性のメルヒェン》マグラザリー／新曜社

《グリム童話－子供に聞かせてよいか？》野村泫／ちくま学芸文庫

《グリムの昔話と文学》野村泫／ちくま学芸文庫

《昔話の解釈》マックス・リューティー、野村泫訳／ちくま学芸文庫

《昔話の本質》マックス・リューティー、野村泫訳／ちくま学芸文庫

《誰がいばら姫を起こしたのか》I・フェッチャー、丘沢静也訳／ちくま文庫

《メルヘンの深層－歴史が解く童話の謎》森義信／講談社現代新書

《グリム童話のなかの呪われた話》金成陽一／大和書房

《グリム童話のなかの愛と試練》金成陽一／大和書房

《初版グリム童話集1～4》吉原高志・吉原素子訳／白水社
《グリム童話集》金田鬼一訳／岩波文庫〈改訂〉
《白雪姫》植田敏郎訳／新潮文庫
《ヘンゼルとグレーテル》植田敏郎訳／新潮文庫
《プレーメンの音楽師》植田敏郎訳／新潮文庫
《ペロー童話集》新倉郎子訳／岩波文庫
《やんごとなき姫君たちのトイレ』桐生操／角川文庫
《美しき拷問の本》桐生操／角川文庫
《（図説）快楽の中世史》ジャン・ヴェルドン、池上俊一訳／原書房
《中世ヨーロッパ生活史2》オットー・ボルスト、永野藤夫・他訳／白水社
《物が語る世界の歴史》綿引弘／聖文社
《ヨーロッパ中世社会史事典》A・ジェラール、序J・ルーゴフ、池田健二訳／藤原書店
《カトリック教会と性の歴史》ウタ・ランンケーハイネマン、高橋昌史・他訳／三交社

※參考文獻皆刊登日文原文書名及日本出版社，由於部分譯本不易追查是否有繁體中文版本，故不特意將參考文獻譯成中文，敬請見諒。

## 櫻澤麻衣

蛇夫座。精通世界民間故事、神話傳說。特別專注於研究格林童話、日本傳說。

對於隱藏在格林童話背後的強烈兄弟愛、親子關係之間的朦朧曖昧，以及潛藏於陰暗處的殘虐等，都抱持強烈興趣。喜歡的作品有《藍鬍子》、《灰姑娘》。

國家圖書館出版品預行編目資料 CIP

格林血色童話 5：殘虐癲狂的禁斷之謎／櫻澤麻衣作；
鍾明秀譯 .-- 初版 .-- 新北市：大風文創，2021.03

面；公分．--（Mystery；34）
譯自：童話ってホントは残酷第 2 弾グリム童話 99 の謎
ISBN 978-986-99622-5-4（平裝）

861.57　　　　　　　　　　　109021982

Mystery 034

# 格林血色童話 5：殘虐癲狂的禁斷之謎



作者／櫻澤麻衣
譯者／鍾明秀
主編／林巧玲
編輯企劃／大風文化
封面設計／比比司設計工作室
內頁排版／陳琬綾
發行人／張英利
出版者／大風文創股份有限公司
電話／（02）2218-0701
傳真／（02）2218-0704
網址／ http://windwind.com.tw
E-Mail ／ rphsale@gmail.com
Facebook ／ http://www.facebook.com/windwindinternational
地址／ 231 台灣新北市新店區中正路 499 號 4 樓

台灣地區總經銷／聯合發行股份有限公司
電話／（02）2917-8022
傳真／（02）2915-6276
地址／ 231 新北市新店區寶橋路 235 巷 6 弄 6 號 2 樓

香港地區總經銷／豐達出版發行有限公司
電話／（852）2172-6533
傳真／（852）2172-4355
地址／香港柴灣永泰道 70 號 柴灣工業城 2 期 1805 室

ISBN ／ 978-986-99622-5-4
初版一刷／ 2021 年 03 月
定價／新台幣 350 元